# 文學與人生

*Literature and life*

# 序

　　文學是苦悶的象徵。純粹的文學在於表達作家的軟弱、無助、驚惶、寄情、傷逝的情懷，作家筆端不斷藉著自然景物，抒發心靈深層的鬱悶，流露著深刻的人生嘆喟。如果文學能參透生命，則文學不再孤單，人生與文學不再有「差隔」（gap），此時文學成了人生的寫照，文學反應了作家對人生深刻的感受，有甜密、有憂傷，又有超脫現實的美感。作家藉由人對生活的體驗與思維，開始梳理文學與人生的優雅關係，從此以後，文學開始有了生命，舉手投足之間，生活充滿動人的質地，人對人生也有極高的期待。

　　本書「文學與人生」頗富興味。全書內容縱跨中、外文學小說戲劇，橫貫理性主義、存在主義、與後現代思潮。全書共分為三部份，中文部份由三位中文系教授負責執筆，「宋詞的人生智慧」，文中充分顯露，文人的心境不斷跟隨著田野景緻的變化而流轉傷逝，樹林中蕭瑟靜寂，感嘆傷春與情傷，對愛情的纏綣只能以情絕、痴絕、詩絕，最後終至放懷，雲淡而風輕，醒來也無風雨也無晴。「中國哲學的人生智慧」出自張麗珠教授之筆，張教授在研究中國哲學史有其崇高地位，文中道出儒、道家的安身立命、清心寡欲、無為之作為，就如人站在十字路口上需應用智慧做正確的抉擇，否則罪莫大於所欲，禍莫大於不知足。「葬花吟」是羅文玲教授的傑作，她研究紅學多年，對古典文學的體悟，有其屹立不搖的學術地位。文中彰顯：花是嬌貴的化身，代表純真絕美的情愛，但是韶華立即化為遲暮，令人感嘆的是，春天的花事，夏日的炎陽天，以及晚秋的繁華散落。薛雅文教授，對於古典文學有著深沉的執著，尤其小說更是她專精的一部份，「觀世說新語」與「觀閱微草堂筆記」二篇論述，皆認為社會像是一個無形的網，任何女性都無法掙脫它的束縛，只有在固有的民德與民俗之下談論愛情與婚姻才有幸福可言，此理性主義的思維，點出了談情說愛時，值得探討的女性心理學之意涵。更嚴酷的說法，應是「飭省宣義，

有子而嫁，倍死不貞。防隔內外，禁止淫佚，男女絜誠」之具體明示。

　　本書的第二部份為英語戲劇文學與寓言小說。「古希臘三大悲劇與人生哲理」、「莎士比亞四大悲劇與薛西弗斯的神話」此二篇由王銘鋒教授與王大延教授共同綜覽之戲劇與小說的批判。戲如人生，人生如戲，人老了，天老了，地也荒了，惟獨不變的是那些戲劇仍震懾人心，烙印在人們的心底，不斷的撥弄千古恆久的絃音，尤其是古希臘三大悲劇，被視為傳世經典。不管是伊底帕斯大帝，米蒂亞、亞格曼儂，戲劇的情節無不充滿懸疑曲折，結局都是令人痛徹心扉。劇中悲劇的主人翁皆是溫和善良，只是個性上的瑕疵，不是勤政愛民就是對愛情太執著，終究難逃命運的宰制。神透過三齣戲來警告世人，沒有人能違背神祇，更進一步告誡祂的子民：末日之末至勿輕言禍福。印證了老子「禍兮福之所倚，福兮禍之所伏」的警世名言。希臘三大悲劇探討的主題是命運，而莎翁的四大悲劇則在於刻畫個性上的瑕疵，主角個性上過於遲疑不決、妒嫉，或聽信花言巧語，因而造成了悲劇。相對的，薛西弗斯的神話則在探討荒謬是存有之本質，亦即存在主義之主張：存有先於本質。英國文學中的奇幻與想像是王銘鋒教授的另二篇大作，王教授下筆很快，筆端不但有情感更富於哲理。前者為反諷的文學，批判時政的阿諛、腐敗、愚蠢；另一篇則在探討社會的意識形態與個人的關係。另二篇則為伊索寓言故事中的工作與理財智慧，由周晏安教授主筆，每則寓言故事皆充滿智慧，常常是理性主義的思想極致，每篇故事結局幾乎在告誡幼童與成人，不遵守社會的禮法，不聽父母的訓勉，後果不堪設想。

　　本書第三部份由日語系教授分別著筆。「日本文學的親情與教育」賞析，是王綉線教授的論著，取材著實令人感動。捨姨山和養老乃瀧二則小說，論及對人、對事、對物均應存「飲水思源」的感激之心。為人之基本道德，在於俯、仰不愧於天地，尤其對身邊至親，更應親切的對待，和平對待，善良的對待。「中古文學與宮庭文化」、「日本近代文學導覽」二篇文學論著賞析，是洪雅琪教授之精心傑作，前者在於介紹日本中古文學之特質，大致與政治社會學有關，人們費盡心思將女兒送入宮庭，接受高

等教育以便成材，女兒也不負父母期望，成為許多才女文官。其次，日本近代文學導覽則以夏日漱石、武者小路實篤，與川端康三位作家為中心，探對人性與愛情，寫作的手法有反諷、深沉與雅俗；對愛情的詮釋，則以愛是犧牲成全而非佔有，並歌頌純真潔美之愛情的可貴；最後川端康成的「雪國」一書，深沉的道出女性的行動力主宰了社會，改變了命運，女性因行動力而得存有受尊敬。黃頌顯教授第一篇導覽「關懷互助的智慧」，充分的展現主題的涵意包括了人對自然的關懷、家庭的關懷、社會的關懷、與國家的關懷，文中充滿著民胞物與，雍容自信和寬大恢弘之氣度，呼應了老子的思想，「生而不有，為而不恃、長而不宰」的偉大情操。第二篇談日本民族的有機、健康財富的智慧。人們的幸福、快樂、安逸，來自於有機的思想，人類吃食有機農作成為促進身體健康之首要條件；其次健康思想建立在體會呼吸之秘訣，深沉的吸、長長的呼，可刺激交感神經，保持身體活躍；最後則是財富思想，作者提出工作的趣味化應不斷的寫作與儲蓄財富，顛覆傳統，充滿後現代思潮。黃教授是年輕一代典型的學者，活躍、熱誠、寬厚等性格同時躍然於紙筆之間，不失為大器。

　　本書之所以能在設定的時間內完成，首先要感謝本書的每位作者均能及時交稿，才能付梓，其次是薛雅文教授不斷的提醒與聯絡，展現其組織與統籌能力，功不可沒。最後感謝五南書局黃惠娟副總編，不斷地聯絡，接受本書之出版。文學與人生出版之主要目的，乃在於提供大學通識教育教材，藉由文學來教導大學生學習人文素養，增進廣博的智慧、宏觀的思想。本書之出版匆促，訛誤之處難免，敬請讀者與方家匡正指教。

明道大學 王大延 謹識

# 目　錄

序／王大延

## 【中文篇】

導論 ................................................................................................ 3

詩歌與人生：從〈葬花吟〉談佛道詩歌 .................................... 5

小說與人生(一)：從《世說新語‧賢媛》談小說與人生 ............ 13

小說與人生(二)：《閱微草堂筆記》的小說哲學與人生 ............ 21

宋詞與人生：美麗而不哀愁——以晏、歐、蘇詞爲例 ............ 29

哲學與人生：「安身立命」的中國哲學本質 ............................ 45

## 【英語篇】

導論 ............................................................................................. 67

西洋文學與人生(一)：伊索寓言故事中的工作智慧 ................ 69

西洋文學與人生(二)：伊索寓言故事中的理財智慧 ................ 79

西洋文學與人生(三)：古希臘的三大悲劇與人生哲理 ............ 87

西洋文學與人生(四)：莎士比亞的四大悲劇與薛西佛斯的神話 ... 99

西洋文學與人生(五)：英國文學中的奇幻與想像（中古世紀至十八世紀）..... 111

西洋文學與人生(六)：英國文學中的奇幻與想像（十九世紀與維多利亞時期）

................................................................................................ 125

## 【日語篇】

導論 ........................................................................................... 139

日本文學與人生(一)：日本文學中的親情 .............................. 141

日本文學與人生(二)：日本文學中的教育 .............................. 149

日本文學與人生(三)：中古文學與宮廷貴族文化 .................. 157

日本文學與人生(四)：日本近代文學之導覽 .......................... 165

日本文化與人生(一)：關懷互助的智慧 .................................. 175

日本文化與人生(二)：有機健康財富的智慧 .......................... 189

# 中文篇

．導　論

．詩歌與人生：
從〈葬花吟〉談佛道詩歌

．小說與人生(一)：
從《世說新語‧賢媛》談小說與人生

．小說與人生(二)：
《閱微草堂筆記》的小說哲學與人生

．宋詞與人生：
美麗而不哀愁——以晏、歐、蘇詞爲例

．哲學與人生：
「安身立命」的中國哲學本質

# 導　論

張麗珠

　　翻開中國文學史，那映在我們眼簾的，是一篇篇豪氣吞天洗月的落筆絕塵，是一篇篇悽惻怨悱、掏心掏肺把人心思都說穿了的驚豔絕人，讓我們不能忘情也久久無法釋卷。然而我們要怎樣以有涯之生窮無涯之學呢？有沒有一條簡捷有效的路徑，能夠通往浩瀚而淵雅的中國文學？我們何嘗不想細細吟詠中國文學之美？但是為要達成中國文學無遠弗屆的廣泛傳播力量，為要陶冶大學生普遍的文學與美學素養，爰有「詩歌與人生」、「小說與人生」、「宋詞與人生」、「哲學與人生」等單元之作，讓大家在這些出眾拔萃的作品中，領略中國文學的美妙意境。

　　先談「詩歌與人生」：《詩經》有言：「心之憂矣，我歌且謠。」詩歌以其高度凝鍊的文字和優美韻律，抒情言志地承載了人們的深厚情感，是我國極其突出的文學藝術。〈從〈葬花吟〉談佛道詩歌〉，作者擇取了曹雪芹《紅樓夢》中〈埋香塚飛燕泣殘紅〉一節，黛玉葬花時仿初唐歌行體詠唱的〈葬花吟〉。詩中句句寫花兼寫人，深情哀美地書寫從對春殘花落的悽楚感慨，到對無常人生的感時傷逝。在欣賞作品之餘，作者對人生不可避免的離合聚散，並以融合儒、佛、道思想的角度，提供一種宏闊而兼有禪趣與哲理的閱讀視角，引領讀者進入佛道詩歌的天地；且與本著「宋詞與人生」單元的〈美麗而不哀愁──以晏、歐、蘇詞為例〉互相輝映。詞，是我國另一種絕美的、具有長短句體式的韻文文學，經常表現出「以柔為美」和「以悲為美」的哀愁美嗜好。但是本文作者別出心裁地選擇了晏殊、歐陽修、蘇軾等人兼具人生哲思與理趣的詞作，以感性與理性和諧的「美麗而不哀愁」做為主

題，希望讀者在欣賞詞的獨特美感外，也能學習「情中有思」的圓融觀照和理性思致。

　　至於「小說與人生」：小說是通過人物、環境與情節結構，對於生活的一種創造性與藝術性摹寫。本著精心撰作了〈從《世說新語・賢媛》談小說與人生〉和〈《閱微草堂筆記》的小說哲學與人生〉二文。作者從古典筆記小說中選擇具有代表性，兼有自我紓解與人間關懷的《世說新語》和《閱微草堂筆記》，以愛情與婚姻為主題，在探討兩性關係之餘，也希望帶領讀者在作品詼諧幽默的書寫中，體會古典小說所蘊藏的，使倫理綱常和愛情憧憬兩全其美的深邃人生智慧。

　　再說到「哲學與人生」：〈「安身立命」的中國哲學本質〉係通過儒家與道家思想，探討吾人如何在「生年不滿百」的短短人生中，找到足以安心棲身，進而突破有限形軀以實現永恆價值的生活方式。作者所論，用仁心德性彰顯生命價值、用禮樂教化成就人文價值的儒家思想，和用清靜無為、少私寡欲破除世俗價值，以消弭人心逐欲所帶來喪失本真的心靈痛苦的道家思想，都很值得吾人深省、玩味再三。

# 詩歌與人生
## 從〈葬花吟〉談佛道詩歌

羅文玲

## 一、導言

　　中國文化自魏晉南北朝以來，已經不再是純粹的儒家文化，而是儒佛道三家融合而成的文化。

　　儒家與道家與中國文化關係是源遠流長，而佛家對中國文化產生過深遠的影響。唐代詩人王維從小受其母親的影響，篤信佛教。安史之亂後因遭遇不幸，成了未出家的佛教徒，隱居藍田輞川別墅。「退朝之後，焚香獨坐，以禪誦為事。」「彈琴賦詩，傲嘯終日」。正因為佛教思想的影響，故其晚年創作多隱佛理佛性，多具禪趣，人譽為「詩佛」。

　　佛道文化由於其超然度外的精神境界，期詩文往往具有獨特的美學意味。因此對廣大世俗社會及文化以及學術領域均產生深刻且綿延不斷的滲透。

　　錢穆先生《中國學術通義・中國文化傳統之文學》曾說過：「中國人追求人生，主要在追求人生之共通處。此共通處，在內曰心，在外曰天。一人之心即千萬人之心，一世之心即千萬世之心。人身之事不可常，唯此心則可常。天有晦明寒暑，若最多變，但萬古只此晦明寒暑，亦最有常……中國詩人所詠，則端在人生之共通真實處。天在上，心在內，唯此兩者，及為中國詩人所共通對象，非宗教，非哲學，而宗教哲學之極致處，亦無以逾此。」可以說，這「心」與「天」二字，包羅了

全部的中國文學，包含了全部的宗教哲學，亦包含了宗教與詩歌的主要關係。

詩歌是人類最早出現的文學形式。正如中國最早用甲骨文記錄占卜的卜辭，表達上帝的意志般，讚頌神明和祖先的巫歌乃是詩歌的主要源頭之一。尋著這個源頭，文學與宗教攜手前行，走過了漫長的發展之路。早在《詩三百》、《楚辭》、漢賦等的創作中，古人對「心」與「天」的追求與感受就非常鮮明。詩中那呼天搶地的祈求，心靈痛苦的悲鳴，乃至於生與愛的歡愉比比皆是；對人類生與死的探究，對神鬼的頌讚，對天的設問，更充斥其間。然而其中的宗教精神及信仰追求、永恆價值等，已如詩賦的靈魂貫穿其間。

至魏晉南北朝，佛教勃興，因為傳教弘法的需要，很快與詩歌結下不解之緣，僧人在誦經傳教的過程中亦吟詩作賦，漸漸的領悟到詩歌妙用，並有意識地與佛教偈頌、頌讚等結合起來。

直到唐末，詩歌創作與佛教精神融合，方達到水乳交融的境地，使中國古典詩詞發展到輝煌的高峰，為後世佛道詩歌的繁衍開闢了長河。

# 二、範文

## 葬花吟 / 曹雪芹

花謝花飛花滿天，紅消香斷有誰憐？
游絲軟繫飄春榭[1]，落絮[2]輕沾撲繡簾。
閨中女兒惜春暮，愁緒滿懷無著處，
手把[3]花鋤出繡簾，忍[4]踏落花來復去。
柳絲榆莢自芳菲[5]，不管桃飄與李飛。
桃李明年能再發，明年閨中知有誰？

三月香巢初壘成，梁間燕子太無情！
明年花飛雖可啄，卻不道人去梁空巢也傾。
一年三百六十日，風刀霜劍嚴相逼，
明媚鮮妍能幾時，一朝漂泊難尋覓，
花開易見落難尋，階前愁殺葬花人，
獨把花鋤偷灑淚，灑上空枝見血痕⁶，
杜鵑無語正黃昏，荷鋤歸去掩重門。
青燈照壁人初睡，冷雨敲窗被未溫。
怪儂底事⁷倍傷神，半為憐春半惱春；
憐春忽至惱忽去，至又無言去不聞。
昨宵庭外悲歌發，知是⁸花魂與鳥魂？
花魂鳥魂總難留，鳥自無言花自羞。
願儂⁹此日生雙翼，隨花飛到天盡頭。
天盡頭，何處有香坵¹⁰？
未若錦囊收豔骨，一抔¹¹淨土掩風流。
質本潔來還潔去，不教污淖陷渠溝。
爾今死去儂收葬，未卜儂身何日喪？
儂今葬花人笑癡，他年葬儂知是誰？
識看春殘花漸落，便是紅顏老死時。
一朝春盡紅顏老，花落人亡兩不知！

## 三、解釋

1. 榭：台上蓋的高屋。
2. 絮：柳絮、柳花。
3. 把：拿。
4. 忍：豈忍，即不忍。
5. 榆莢：榆樹未生葉時先有莢，像是成串的錢，俗稱榆錢。芳菲：形容花草香茂。
6. 「灑上」句：該句係化用了兩個典故：㈠舜帝巡行天下久未歸，娥皇、女英千里相尋。行至湘水，舜的噩耗傳來，她們泣血染竹成斑為瀟湘竹，她們則被稱為湘妃。所以黛玉號「瀟湘妃子」；㈡蜀帝魂化杜鵑鳥，杜鵑啼聲似「不如歸去」並啼血染花枝，花即杜鵑花。所以下句接「杜鵑」。
7. 底事：即什麼事。
8. 知是：知即怎知，所以整句是「怎知是……還是……？」
9. 儂：吳地樂府民歌中「我」的俗語。
10. 香坵：香墳，指花塚。以花擬人，所以下句接「豔骨」。
11. 一抔：一捧，雙手捧物。抔，掬。《史記・張釋之列傳》有「取長陵一抔土」，以喻盜開墳墓。後人就以「一抔土」代指墳墓。這裡的「一抔淨土」是指花塚。

## 四、賞析

　　〈葬花吟〉是林黛玉感嘆個人身世遭遇，亦是曹雪芹藉以塑造這一藝術形象，表現其性格特性的重要作品。它和〈芙蓉女兒誄〉一樣，都是曹雪芹用力摹寫的文字。這首風格上倣效初唐體的歌行體，抒發情感上是淋漓盡致。

　　這首詩中寄託著抑鬱之氣，如「柳絲榆莢自芳菲，不管桃飄與李飛」，就寄有對世態炎涼，人情冷暖的憤懣；「一年三百六十日，風刀霜劍嚴相逼」是書寫長期傷害著他的冷酷的、現實的內在聲音。

　　「願儂此日生雙翼，隨花飛到天盡頭。天盡頭，何處有香坵？未若錦囊收豔骨，一抔淨土掩風流。質本潔來還潔去，不教污淖陷渠溝。」是在渴望自己的幸福不可得時，所表現出來的那種不願受辱被污染、不願意低頭屈服的孤傲不阿的性格。這些，真正是作品的精神價值之所在。

　　甲戌本有批語說：「余讀〈葬花吟〉至再，至三四，其悽楚感慨，令人身世兩忘，舉筆再四，不能下批。有客曰：『先生身非寶玉，何能下筆？』噫唏！阻余者想亦〈石頭記〉來的，故停筆以待。」值得注意的是批語指出：沒有看過「遇兄之後文」是無從對此詩加批的；批書人「停筆以待」的也正是與此詩有關的「後文」，毫無疑問的當然是指後半部佚稿中寫黛玉之死的文字。如果這首詩中僅僅一般地以落花象徵紅顏薄命，那也用不著非待後文不可；只有詩中所寫非泛泛之言，而大都與後來黛玉之死情節密切相關時，才有必要強調指出，在看過後面文字後，應回頭再重新加深對此詩的理解。〈葬花吟〉實際上就是林黛玉的詩讖。

　　以前，我們還以為明義未必能如脂硯那樣看到小說全部書，現在看來，他讀到過後半部部分稿子的可能性極大，或者至少也聽作者交往的圈子裡的人比較詳盡地說過起後半部的主要情節。明義絕句中提到事象「聚如春夢散如煙」、「石歸山下無靈氣」之類，還可由推測知的話；那麼，寫寶玉貧窮的「王孫受損骨嶙峋」，和寫他因獲罪致使他心中的人為他的不幸憂忿而死的「慚愧當年石季倫」等詩句，是再也無從憑想像而得知的。上面所引之詩句的後兩句也是如此：明義說，他真希望有起死回生的反魂香，能救活黛玉，讓寶、黛兩人有情人終成眷屬，把已斷絕的月下老人所牽的紅絲繩再接續起來。試想，只要「沉痼」能起，「紅絲」也就能續，這與後來讀書者想像寶、黛悲劇的原因於婚姻不自

主是多麼的不同！倘若一切都如程偉元、高鶚整理的序書中所寫的那樣，則寶玉已有所他屬，試問，起黛玉「沉痼」又有何用？難道「續紅絲」是為了要他做寶二娘不成？

「儂今葬花人笑痴，他年葬儂知是誰？……」重複且刻意強調，甚至通過寫鸚鵡學吟詩也提到。可知紅顏老死之日，確在春殘花落時，並非虛詞做比。

「他年葬儂知是誰」，前面又說「紅消香斷有誰憐」、「一朝漂泊難尋覓」等等，則黛玉一如晴雯那樣死於十分悽慘寂寞情況之中可以無疑。那時，並非大家都忙著為寶玉辦喜事，因而無暇顧及；恰恰相反，寶玉、鳳姐都因避禍流落在外，那正是「家亡莫論親」、「各自須尋各自門」的日子，詩中「柳絲榆莢自芳菲，不管桃飄與李飛」或含此意。「三月香巢初壘成，梁間燕子太無情！明年花飛雖可啄，卻不道人去梁空巢也傾」幾句，原在可解不可解之間，憐落花而怨及燕子歸去，用意甚難把握貫通。

若作讖語，就非常明確。大約在春天裡寶、黛的婚事已基本說定了，即「香巢初壘成」，可是，天有不測風雲，到了秋天，發生了變故，就像梁間燕子無情地飛去那樣，寶玉被迫離家出走了。黛玉悲歎「花魂鳥魂總難留」，幻想自己能「此日生雙翼」也隨之離去。他日夜悲啼，終至於「淚盡證前緣」。這樣，「花落人亡兩不知」，若以「花落」比黛玉，「人亡」說寶玉，正是完全切合的。寶玉遭遇的「禍」，總是會禍及其他人。先有金釧兒，後有晴雯，最終是黛玉。

詩中有「質本潔來還潔去，不教污淖陷渠溝」的雙關語可用來表現氣節。「一別秋風又一年」，寶玉在次年秋天回到賈府，但見寶玉所住的怡紅院已「紅瘦綠稀」，黛玉住的瀟湘館更是一看「落葉蕭蕭，寒煙漠漠的淒涼景象」，黛玉和寶玉的屋子一樣，只見「蛛絲兒結滿雕

樑」，雖然還有寶釵在，而且以後還成其「金玉姻緣」，但這又怎能彌補他「對鏡悼嬋兒」時所產生的巨大精神創痛呢？

「明年花飛雖可啄，卻不道人去梁空巢也傾！」也是訴說生命的無常變化。這些只是從脂評所提及的線索中可以得印證的一些細節，但此詩與黛玉悲劇情結必定有照應這一點，大概不是主觀臆斷吧！

林黛玉的多愁善感孤獨的性格，有著多重因素，她出身於衰落的家庭，年幼即失去母愛，加上身體虛弱，孤苦伶仃的形象惹人憐愛。但身處在複雜惡劣的周圍事物讓她處處留神，以保護自己的真率純潔。也因為黛玉不願意向他人訴說而陷於孤立無援，她對愛情是堅定執著的。

黛玉在第一次葬花中，巧遇寶玉在沁芳閘橋邊的石頭上看《西廂》，黛玉瞧見也要看，於是上演了紅樓經典場景寶黛共讀《西廂》。讀過後寶玉說自己如「多愁多病」的張生，黛玉如具有「傾國傾城貌」的鶯鶯，這等於是那個時代最直白的愛情表露。

寫〈葬花吟〉的前一晚，為寶玉被賈政叫去而擔心的黛玉前去怡紅院探望，卻被晴雯鹵莽的使性子拒在門外；黛玉客居賈府，即使被丫鬟拒之門外，又能如何呢？再聽怡紅院裡傳來寶玉、寶釵二人的一陣笑語之聲。寄居賈府，已是沒趣，如今，白天剛剛表露愛意的寶玉，也不過如此，這個時候的黛玉，心中真百般滋味，說不出口。黛玉唯有以哭泣來釋放心中的的壓抑與悲傷，而宿鳥棲鴉聽見秉絕代姿容、具希世俊美的黛玉哭泣，也是不忍聽聞。所以在〈葬花吟〉中，有這麼一句，「儂今葬花人笑癡，他年葬儂知是誰。試看春殘花漸落，便是紅顏老死時。一朝春盡紅顏老，花落人亡兩不知。」可見，她是以花代己，葬花也是對自己命運的嘆息。

## 五、習作

1. 閱讀過〈葬花詞〉後，試論述你的人生觀及價值觀。

2. 世事無常變化，一切事物都是瞬息萬變的，《金剛經》上說：
「一切有為法，如夢幻泡影，如露亦如電，應作如是觀。」你
如何看待這些生命中的遺憾？請以「夢幻」為主題表述，

人生如「夢」，＿＿＿＿＿＿＿＿＿，

人生如「幻」，＿＿＿＿＿＿＿＿＿，

人生如「一」，＿＿＿＿＿＿＿＿＿，

# 小說與人生㈠
## 從《世說新語‧賢媛》談小說與人生

薛雅文

## 一、導言

　　中國古典小說的特徵，究竟有哪些？可就作者創作動機與背景因素，以揭示整部小說目的，是「自我的紓解」，或是「人間的關懷」。由於每部經典小說，皆飽含作者滿滿情意訴說，以及深刻事理見解，才能建構出該部作品的價值。綜觀古代神話與先秦寓言、漢魏六朝志怪與志人小說、唐宋傳奇與筆記小說、宋元話本與明人擬話本，以及明清章回小說，雖不同朝代的各類型小說，皆有不同形式架構、內容主題與風格特色，但其感動人心仍是一致的。

　　「小說與人生」單元設計，課程主旨在探討人生與文學關係。在古典筆記小說中，擇「愛情」、「婚姻」二大主題，其中又以女性主角，做為選入本單元閱讀教材中，讓閱讀者或多或少可以直接、間接領悟作者勸懲旨意，並引導省視人生所面對的情愛習題。以下針對「愛情」、「婚姻」主題，稍作介紹：

　　所謂「愛情」，何滿子《中國愛情與兩性關係：中國小說研究》提到：「愛情是文學的永恆主題。不僅因為愛情現象能夠輻射出廣泛的社會關係和生活內容，更因為男女關係是人人不能避免的人生基本現象。性關係加上人類的靈性，就構成了遠不僅限於滿足性需要的愛情。但從本質上說，驅使男女追求愛情的動力確是雙方的性欲，再推下去也是延續種族生命的自然本能。這就使得儒家古聖賢，也不得不指出『食色性

也』、『衣食男女，人之大欲存也』和『男女，人之大倫』這一顯然的事實。」從何滿子之言，愛情是世間男女不能避免的人生基本現象，其中背負著家庭責任，以及隱藏社會文化約束。

所謂「婚姻」，《禮記·昏義》：「昏禮者，將合二姓之好，上以事宗廟，而下以繼後世也，故君子重之。」可知男女的結合，歸根究柢必須涵蓋種族的繁衍。甚至，女子嫁前最重要的事，就是學習如何贏得翁姑的讚賞，和博取丈夫的歡心，這是中國傳統「賢妻」需具備的婦德標準。除婦德以外，還需具備婦言、婦容、婦功的教育。這「四德」規範，被視為維繫家庭婚姻的綱紀。

中國愛情與婚姻之間存在的緊密關係，像本單元舉例的《世說新語·賢媛》中「賢媛」女子，是指主角具備才氣，並有善良行為。在傳統社會中，女人如要婚姻幸福、愛情甜蜜，多半被要求具備四德的標準。《世說新語·賢媛》中的〈許允婦〉，在缺乏婦容而被丈夫冷漠對待下，為了捍衛自己的婚姻與愛情，最後以德、智贏得丈夫的敬愛。

如果能夠透過故事的高潮迭起，並抓住小說中的靈魂人物，從人物的對話、演出，將會反射出作者深邃的人生智慧、潛藏的內心世界，甚至反映出每一時代文化下芸芸眾生的瑰麗色彩。所以，閱讀〈許允婦〉這篇小說，若能進入作者內心，互相共鳴，就能培育出鑑賞古典小說基本專業能力，延伸出對強調「賢媛」女子，在婚姻中有著「才智過人」、「識見絕甚」不容小覷的主導地位。甚至，可以讓閱讀者領悟出婦女在家庭生命美學中的價值觀。

## 二、範文

### 許允婦

　　許允[1]婦，是阮衛尉[2]女，德如妹，奇醜。交禮[3]竟[4]，允無復入理，家人深以為憂。會允有客至，婦令婢視之，還答曰：「是桓郎。」桓郎者，桓範[5]也。婦云：「無憂，桓必勸入。」桓果語許云：「阮家既嫁醜女與卿，故當有意，卿宜察之。」許便回入內。既見婦，即欲出。婦料其此出，無復入理，便捉裾[6]停之。許因謂曰：「婦有四德[7]，卿有其幾？」婦曰：「新婦[8]所乏唯容爾。然士有百行[9]，君有幾？」許云：「皆備。」婦曰：「夫百行以德為首，君好色不好德，何謂皆備？」允有慚色[10]。遂相敬重。

## 三、解釋和語譯

### ㈠解釋

1. 許允：字士宗，魏高陽人（今河北省），曾任吏部侍郎等職。
2. 阮衛尉：阮共，字伯彥，魏衛人（今河南省），曾任衛尉卿等職。
3. 交禮：拜堂完婚的儀式。
4. 竟：結束。
5. 桓範：字允明，魏沛郡人（今安徽省），曾任大司農等職。
6. 捉裾：抓住衣襟。
7. 婦有四德：在傳統社會中婦人應遵守的四項美德。四種美德，指婦德、婦言、婦容、婦功。
8. 新婦：新嫁娘。

9. 士有百行：出自《詩・衛風・氓》。士，讀書人。行，德行。

10.慚色：羞愧神情。

## (二)語譯

　　許允的妻子是阮衛尉（阮共）的女兒，德如（阮侃）的妹妹，相貌奇醜。結婚行禮交拜結束後，許允沒有進洞房的意思，家人萬分擔心。這時恰好有客人來找許允，妻子讓婢女去看看是誰，婢女回來告訴說：「是桓家公子。」桓家公子，就是桓範。妻子說：「不用擔心了，桓公子一定會勸他進來。」桓範果然對許允說：「阮家既然把一個醜閨女嫁給你，一定有其意圖，你應該好好觀察。」許允便回到房內，見了妻子後，馬上又想出去。妻子料定他此番出去就不會再進來了，就趕緊抓住他的衣襟阻攔他。許允於是說道：「婦人有四德，妳有其中的幾德？」妻子說：「我缺乏的只是容貌而已。不過讀書人應有的多項德行中，你有哪些呢？」許允說：「我都具備。」妻子說：「百種德行以德為首。你好色不好德，怎麼能說都具備呢？」許允頓時面帶愧色，從此就敬重她了。

# 四、賞析

　　劉義慶（403～444），彭城（今江蘇徐州市）人，劉宋宗室，武帝劉裕之侄，襲封臨川王。為著名文學家、政治家，任職尚書省左僕射，出為荊州刺史，再轉任南兗州刺史，加開府儀同三司。任官各地，清正有績，後因疾病還京師，卒年四十一。《宋書・劉義慶傳》：「為性簡素，寡嗜欲，愛好文義，才詞雖不多，然足為宗室之表。……招聚文學之士，近遠必至。太尉袁淑，文冠當時，義慶在江州，請為衛軍咨議參軍；其餘吳郡陸展、東海何長瑜、鮑照等，並為辭章之美，引為佐史國臣。」

　　《世說新語》為我國魏晉南北朝時期「志人小說」的代表作，又稱《世說》、《世說新書》，是劉義慶與招募的文士袁淑、陸展、何長瑜、鮑照等合力完成。全書有上、中、下三卷，依內容分為「德行」、

「言語」、「政事」、「文學」等三十六門，每門皆收錄名人遺聞軼事，全書共一千多則故事。每則故事文字多寡不同，大抵以簡短雋永為主，長篇數行而盡，短篇僅有二十餘言，但皆可吟詠，甚有可觀之處，從此可見筆記小說「隨手而記」的訴求及特色。

　　寧稼雨《《世說新語》與中古文化》在「十《世說新語》與志人小說觀念的成熟」一節提到：「打開《世說新語》，從東漢末年到東晉時期二百多年間文人士大夫的精神面貌可盡收眼底。從建安文人到竹林七賢，從哲學家、經學家到教徒、詩人、各種文人無不躍然紙上。即使一些人是政治家、軍事家及文人，作者也把他們置於士流之中，寫出他們的文人個性。」《世說新語》這樣的描寫有助讀者了解當時士人所處的時代及政治社會環境，更清楚地見識所謂「魏晉清談」的風貌。而在藝術寫作上，是客觀地描繪人物、事件，劉義慶等人很能把握住歷史素材，將當時的社會風貌，做了最真實的呈現。

　　《世說新語》描繪的文學技巧，一般是採用大筆勾勒，較少刻意描繪。而勾勒人物情態，則善於抓住人物特徵，作漫畫式的誇張，以「即事見人」手法，展現人物性格特徵，是屬典型的筆記小說類型。出場的人物上百，作者常用簡單幾個字，精確地描繪出主角的語言、動作，人物的性格便清楚的呈現在讀者的面前。例如「曹操捉刀」，反映出曹操猜忌的本性，為人譎詐和「寧可我負天下，決不令天下人負我」的性格。再如「王藍田忿食雞子」的描寫，將他急躁的個性活生生的呈現出來。

　　此外，《世說新語》善用對照、比喻、誇張等寫作手法，不僅使它留下了許多膾炙人口的名言佳句，更為全書增添不少亮點。如今，《世說新語》除了文學欣賞的價值外，人物事蹟、文學典故等也多為後世作者所取材、引用，對後來的小說發展影響甚大。《唐語林》、《續世

說》、《何氏語林》、《今世說》、《明語林》等，都是仿傚《世說新語》之作，被稱為「世說體」。

　　劉義慶生長在宗室，深受儒家思想的教化，重視孝道，獎勵忠節的「儒士」。因此，《世說新語》一書，除具怡情養性之外，並有撫慰人心與教化的功能。人物被置於各門中，各門孰先孰後，有其優劣涵義，似乎意味著前褒後貶。大抵，人物一言一行，實與魏晉品鑑風氣息息相關。其中〈賢媛篇〉列入第十九門，總共收納三十二則當時女子的故事，由於其專記婦女言行，遂成為後人了解該時期婦女行誼風貌的重要資料。「賢媛」主角人物是一群女子，故事核心，不以形象美醜，或是年輕老少，而是看重具備才氣、善良德行的女子。《禮記注》：「婦德，貞順也。婦言，辭令也。婦容，婉娩也。婦功，絲麻也。」此「四德」是中國傳統社會對女性的普遍要求，但由於魏晉時期崇尚風神才辯之美，因此婦女的言行表現，遂多有超軼「四德」框架之處。許允婦的故事就是展現她過人的言詞，贏得了丈夫的尊重。

　　解讀《世說新語‧賢媛》許允婦的愛情、婚姻觀，阮小姐在新婚之夜就遭到新郎冷落，此時必然「情緒低落」，她的心境一定覺得很「委屈」、「寒心」、「激憤」。幸好阮小姐在當時很快的調整了心態，展現了「婦德」。像許允拜堂後不肯進洞房，經朋友桓範勸說才免強進入，卻又以言語諷刺，說：「婦有四德，卿有其幾？」而她的態度從容委婉，既不哭又不鬧，不疾不徐地反問許允：「士有百行，君有幾？」先坦承自己缺乏容貌之外，繼而充分運用「以其人之道，還治其人之身」；除展現出犀利言詞能力，還挽救了自己的婚姻。其實，愛美是人類天性，許允英俊又有才華，當然會希望娶個美麗的妻子。當我們不認識一個人時，也是從她的外貌來品評，因此，這不完全是許允的錯。許允的妻子，能處變不驚，且反應靈敏，知道許允並不喜歡自己的容貌，

馬上用聰穎來替代難過，而不像一般人只會生氣、激憤。贏得別人敬重的是他的內涵，而不是激憤，像許允婦這樣的典範，能用機智化解困難，她的聰穎靈敏，很值得我們去學習。

　　解讀《世說新語・賢媛》之〈許允婦〉這則故事，主角許允婦在傳統倫理綱常下，並不是言聽計從，任意被命運和丈夫擺弄下的婦女。除了展現「婦德」外，尤其將「婦言」，表現得最為淋漓盡致。故事間接透露出，許允婦為了追求自己的婚姻幸福，不惜踰越傳統婦德、婦言、婦容、婦功的禮教。關於許允婦的故事，共有三則被收錄在《世說新語・賢媛》，可見她確實是既賢德又聰慧的婦人。

　　劉義慶《世說新語・賢媛》的許允婦，藉由主角人物的影子，以投射作者對當時愛情與婚姻的思維：《世說新語・賢媛・許允婦》，主角許允婦能跳脫傳統儒家倫理綱常，勇敢追求自己幸福婚姻，是相當前衛的。劉義慶將許允婦列入「賢媛」，表示在主觀意識上，除贊同女子才智之外，並對能勇敢追求愛情的婦人，是持正面的肯定。以上，就作者創作動機與背景因素觀察，除在自我紓解之下，更多是作者對婦女關懷的心靈吶喊與真情流露。甚至，在愛情與婚姻中，提倡男女皆有權力追求、選擇的兩性平等思維。因此，閱讀〈許允婦〉文學作品，許允婦面對現實婚姻困境時，能思考以「婦德」、「婦言」解決困境的方法，對於現代讀者而言，可以增加人生的閱歷，也有助於面對自己的情愛人生。

## 五、習作

1. 《世說新語・賢媛》之〈許允婦〉篇章，你對許允婦的勇於追求愛情行為，是否贊同？

2. 《世說新語・賢媛》之〈許允婦〉篇章，若你遇見丈夫如許

允，會採用何種方式保住自己的幸福？

3. 從〈許允婦〉這則故事中，你覺得是人的外貌重要？還是內在品德重要？外貌，除了長相美醜之外，是否還包含其他部分？平時又該如何修養品德呢？

# 小說與人生(二)
## 《閱微草堂筆記》的小說哲學與人生

薛雅文

## 一、導言

　　愛情故事，似乎是各類文學不可或缺的主題。中國文學以愛情主體做為詮釋內容，不勝枚舉，例如：樂府詩〈孔雀東南飛〉、柳永〈雨霖鈴〉、湯顯祖《牡丹亭》、曹雪芹《紅樓夢》等。甚至，非以愛情為主題的小說，或多或少也摻雜男女情緣故事，讓內容帶點浪漫色彩，如《三國演義》是以描寫戰爭故事為主軸，但也細膩地安排了呂布、董卓、貂嬋三者之間的愛恨糾葛，至今猶能讓閱讀者津津樂道。

　　「小說與人生」單元設計，課程主旨在探討人生與文學關係。在古典筆記小說，擇「愛情」主題，其中又以女性主角，做為本單元閱讀核心主軸。中國古典小說，究竟有哪些哲學觀？猶如樂蘅軍《古典小說散論・浪漫之愛與古典之情》所說：「文學故事卻給我們關於人、關於愛情的種種情狀的描繪，……這個情感活動中，我們要品味的，是愛情的生命觀，是愛情投注在一個生命中所引起的種種可感知的事物。」從樂蘅軍之言，愛情是世間可能拼出人生酸甜苦辣現象，其中種種可感知的事物，將改變主角的命運。大抵，這故事主人翁，對他的愛情必有所決定，而將之開啟另一種新命運、新人生。

　　本文舉用《閱微草堂筆記》中的愛情主題，焦點則放在「人世間男女情緣」上，從故事動機、背景、結果，歸納出浪漫愛主題、倫理愛主題、商業愛主題等面向，作品約九十多則。其中，「倫理愛主題」在傳

統倫理綱常下，不許悖離禮教的規範，婦人在無法與丈夫白頭偕老時，常被社會賦予必須隱藏自己的情欲、性欲需求，例如第卷十九〈灤陽續錄一〉「司庖楊媼言」。「司庖楊媼言」，主角某婦在封建倫理綱常下，不許悖離禮教的規範，婦人在無法與丈夫白頭偕老時，常被社會賦予必須隱藏自己的情欲、性欲需求，可見禮法制度對女子守節的看重。作者紀曉嵐，藉由女主角人物的影子，投射對當時愛情與婚姻的哲學思維。甚至，可以引領閱讀者體悟婦女在家庭遭受變故時，如何讓自己了解愛情與婚姻需建構在何種倫理綱常之下，才能兩全齊美，留下美麗的人生。

## 二、範文

### 〈灤陽續錄〉／「司庖楊媼言」（原文節錄）

　　司庖[1]楊媼言，其鄉某甲將死，囑其婦曰：「我生無餘貲，身後汝母子必凍餓。四世單傳，存此幼子。今與汝約，不拘何人，能為我撫孤[2]則嫁之，亦不限服制[3]月日，食盡則行。」囑訖，閉目不更言，惟呻吟待盡。越半日，乃絕。有某乙聞其有色，遣媒妁請如約。婦雖許婚，以尚足自活不忍行。數月後，不能舉火，乃成禮。合巹[4]之夜，已滅燭就枕，忽聞窗外歎息聲。婦識其聲欬[5]，知為故夫之魂，隔窗嗚咽語之曰：「君有遺言，非我私嫁。今夕之事，於勢不得不然，君何以為祟？」魂亦嗚咽曰：「吾自來視兒，非來祟汝。因聞汝啜泣卸妝，念貧故，使汝至於此，心脾悽動，不覺喟然[6]耳。」某乙

悸甚，急披衣起曰：「自今以往，所不視君子如子者有如日。」靈語遂寂。後某乙耽玩[7]豔妻，足不出戶。而婦恆惘惘如有失。某乙倍愛其子以媚之，乃稍稍笑語。七八載後，某乙病死，無子，亦別無親屬。婦據其貲，延師教子，竟得游泮[8]。又為納婦，生兩孫。至婦年四十餘，忽夢故夫曰：「我自隨汝來，未曾離此。因吾子事事得所，汝雖日與彼狎昵[9]，而念念不忘我，燈前月下，背人彈淚，我見之。故不欲稍露形聲，驚爾母子。今彼已轉輪，汝壽亦盡，餘情未斷，當隨我同歸也。」數日，果微疾，以夢告其子，不肯服藥，荏苒[10]遂卒。其子奉棺合葬於故夫，從其志也。程子[11]謂餓死事小，失節事大，是誠千古之正理。然為一身言之耳。此婦甘辱一身以延宗祀[12]，所全者大，似又當別論矣。楊媼能舉其姓氏里居，以碎璧歸趙[13]，究非完美，隱而不書。

## 三、解釋

1. 司庖：廚師。
2. 撫孤：撫養無父者。
3. 服制：喪服制度。依照與亡者親疏遠近，又分斬衰、齊衰、大功、小功、緦麻五等。
4. 合巹：婚禮時，新夫婦各拿一瓢共飲交杯酒。
5. 謦欬：咳嗽。
6. 喟然：歎息。

7. 耽玩：專心玩賞。

8. 游泮：明清科舉考試制度，經州縣考試錄取為生員而入學，稱為游泮。

9. 狎昵：親暱。

10.荏苒：指時間漸漸移走。

11.程子：指南宋程頤、程顥兄弟。此處，專指程頤。

12.宗祀：廟祭。

13.碎璧歸趙：碎璧，指女子失貞。後世引申原物無損歸還之意。

# 四、賞析

　　紀昀（1724～1805），字曉嵐，一字春帆，晚號石雲，別號文達、茶星、觀弈道人、孤石道人等。乾隆進士，官至禮部尚書、協辦大學士。歷雍正、乾隆、嘉慶三朝，享年八十二歲。因其「敏而好學可為文，授之以政無不達」（嘉慶帝御賜碑文），故卒後諡號文達，鄉里世稱文達公。紀昀在重視教育的環境之下成長，自小即愛好文學，奠定深厚學識涵養。清高宗乾隆三十八年受詔編纂《四庫全書》，除深受朝廷重視之外，河北獻縣百姓也深感驕傲。紀昀學問淵博，長於考證，其《四庫全書總目》二百卷，論述各書大旨及著作源流，考得失，辨文字，為代表清代目錄學成就的巨著。而有關紀昀的生平事蹟，可參考《清史稿・列傳一百七》、《獻縣志》、《紀曉嵐年譜》、《紀昀評傳》、《紀曉嵐全傳》等資料，還可以透過連續劇《鐵齒銅牙紀曉嵐》，略知其幽默逗趣、親近女色、喜肉厭菜等軼聞瑣事。

　　《閱微草堂筆記》是紀昀的創作，嘉慶五年庚申八月刊行，凡五種二十四卷。但從撰寫至刊刻，實際歷經十一年。在門人盛時彥〈序〉中提到，該小說原是五種且個別單獨發行，而《閱微草堂筆記》乃五書合為一編的新名。合刻原因，起於時人「翻刻者眾，訛誤實繁，且有妄為

標目」，故盛時彥重新整理校勘而後發行。本文「司庖楊媼言」故事，是擇錄自卷十九〈灤陽續錄一〉。該部小說，內容都是紀昀在京城、新疆等地，隨筆雜記社會階層的所見所聞、地方風土的異聞趣事、山川地理的物產特質，做為撰寫的題材。談論主題，故事內容，約分：命數、占算、扶乩、果報、輪迴、復甦、入冥、鬼魂、狐怪、妖魅、其他異聞、獄訟、淫佚、遺事、瑣語等二十二類。大抵，《閱微草堂筆記》雖以戲謔、批評手法，形式雖言因果報應，實是反映關心民生疾苦、勸善罰惡等精妙旨意。盧錦堂曾說：「蓋紀氏譏刺道學之旨，關切世事之懷」，以及盛時彥此跋提及：「雖託諸小說，而義存勸戒」、「辨析名理」、「引據古義」。可知在深受儒家教化下，紀昀縱使談論命數、果報、輪迴、鬼魂、道術，主軸仍擺在驗證人事得失的層面，從《四庫全書總目提要》卷一「推天道以明人事者也」，當可證之。

　　觀看《閱微草堂筆記‧灤陽續錄一》「司庖楊媼言」，談到某婦的宿命姻緣，敘述某甲婦為撫孤而改嫁，延續故夫宗祀，終能與故夫合葬果報。愛情中的宗教果報之說，紀昀主要目的即在勸善規過之意，可從卷十一《槐西雜志一》：「道家言祈禳，佛家言懺悔，儒家則言修德以勝妖。二氏治其末，儒者治其本也。族祖雷陽公畜數羊，一羊忽人立而舞，眾以為不祥，將殺羊。雷陽公曰：『羊何能舞？有憑之者也。石言於晉，《左傳》之義明矣。禍已成歟，殺羊何益？禍未成而鬼神以是警余也，修德而已，豈在殺羊？』自是一言一動，如對聖賢。後以順治乙酉拔貢，戊子中副榜，終於通判，迄無纖芥之禍。」紀昀強調先祖之言，對不祥徵兆態度，無關人事得失禍福，主張個人仍需修德應對一切。

　　中國自宋朝以來，為維持善良風俗，提倡貞節，對婦女「再嫁」與「改嫁」問題，總認為是「人心不古，世道淪亡」的現象。甚至，婦

人一生守寡，視為家族的光榮，具備傳統的美德。這種禮教色彩的守貞觀念，直到清代仍無法完全脫離。此則作品，談到某婦的宿命姻緣，某甲婦為撫孤而改嫁，以延續故夫宗祀，終能與故夫合葬。觀看故事末尾，紀昀對某婦的評價：「程子謂餓死事小，失節事大，是誠千古之正理。然為一身言之耳。此婦甘辱一身以延宗祀，所全者大，似又當別論矣。」閱讀至此，可以想見紀昀此言用意，婦人在遭逢丈夫亡故，迫於生計無奈，為延續夫家血脈，只好犧牲自己再嫁，以撫養遺孤。而這一生之情感窮苦，背人彈淚，終獲得與前夫合葬，算是很好的果報。

　　同時，作者似乎對當日社會執著「禮」而忽略「情」，也感到無奈。誠如陳郁秋：《《閱微草堂筆記》思想探究》所說：「紀曉嵐對愛情觀的寬大，仍然沒辦法擺脫掉對婦女貞節的要求，在愛情篇章中的女性是因為守住節操才得已和所愛的人再相聚。〈泉下暫留〉中：『為節婦守貞者，其夫在泉下暫留，待死後同生人世，再續前緣，以補一生之窮苦，餘則前因後果，各以罪福受生。』」換句話說，針對男女情愛關係，可知紀昀愛情觀念中，雖時有批判理學家的守舊，仍贊同遵守三綱五常情感準則。因此，文中的女主角無法擁有情感自主性，但為延續宗祀而失貞，作者直言：「此婦甘辱一身以延宗祀，所全者大，似又當別論矣。」所以，反映出清代對婦女失貞問題仍抱持以死明志，才符合禮法的封建思想。

　　在進行研讀小說時，延伸投射作者背後蘊藏的哲理時，閱讀者該如何理解其中的奧妙？〈灤陽續錄一〉「司庖楊媼言」篇章，處在清代禮法習俗和宗法制度文化下，針對男女情愛關係，紀昀藉助其作品所呈現的想法，總結有兩點：

　　第一點，支持情感自主性。紀昀的「情理」，是較具人性意味。但仍需符合「情理」標準之內，並了解追求情愛時不可以妨礙社會風俗與

宗教制度，才會獲得永遠的幸福。

第二點，遵守三綱五常情感原則。從本質檢視紀昀「忠、孝、節、義」傳統倫理道德，與程朱學說無太多差異。然對迂腐的傳宗接代觀念，過度強調貞操的想法，雖試圖加以修正程朱理學末流之弊，但仍存有矛盾之處。

大抵，《閱微草堂筆記》「人世間男女情緣」，除投射出紀昀的愛情觀念之外，清代文化思想仍牽動每位當時追求愛情的人，了解到情愛不僅只有兩情相悅而已，仍傳遞愛情必須在禮教、宗教規範中進行的訊息，這也是千古以來被世人所接受的愛情觀。

《閱微草堂筆記》是清代志怪筆記小說的代表，當時競相刻印，流傳極廣，影響深遠。閱讀「人世間男女情緣」篇章之後，不僅投射出紀昀的愛情觀念，也能揭示出整個清代文化、思想，牽動每位追求愛情的倫理、美學標準。魯迅在《中國小說史略》中對《閱微草堂筆記》有很高的評價：「惟紀昀本長文筆，多見祕書，又襟懷夷曠，故凡測鬼神之情狀，發人間之幽微，託狐鬼以抒己見者，雋思妙語，時足解頤；間雜考辨，亦有灼見。敘述復雍容淡雅，天趣盎然，故後來無人能奪其席，固非僅借位高望重以傳者矣。」

## 五、習作

1. 〈灤陽續錄一〉「司庖楊媼言」篇章，對某甲婦為撫孤而改嫁，延續故夫宗祀的決定，你是否贊同？

2. 〈灤陽續錄一〉「司庖楊媼言」篇章，對愛情與貞節二者之間，你認為是否必須兼顧？

# 宋詞與人生
## 美麗而不哀愁──以晏、歐、蘇詞為例

張麗珠

## 一、導言

　　詞以婉約為正宗，所以詞作中經常流露出「以柔為美」和「以悲為美」的哀愁美嗜好。因此做為一種文學體式，作者如何在不脫當行本色的審美意識之餘，兼有對讀者精神氣象引導向上的作用？便成為考驗詞人表現感性與理性平衡的難題。如何在表現詞作婉約美的同時，使詞中情感向上超越而不至陷溺在不可自拔的愁緒中？就是詞作能否達到「美麗而不哀愁」的關鍵。是故「美麗而不哀愁」不是說詞人情感基底層之不哀愁，而是說他能夠超越現實的情緒經驗，理性而洞達地觀照人生，即王國維《人間詞話》所言：「入乎其內，故能寫之；出乎其外，故能觀之。入乎其內，故有生氣；出乎其外，故有高致。」詞作能夠兼具詞人「入乎其內」的多情之眼與「出乎其外」的智慧哲思，便能呈現理趣天成、隨機閃現的哲理光彩，而展現「情中有思」的圓融和理性觀照。詞作中能夠符合這樣條件的作品不在少數，並未以晏殊、歐陽修、蘇軾等詞人之詞作為限；晏、歐、蘇詞亦未局限在此一風格中。本文之擇取時代相近的北宋數家，另方面也想呈現《文心雕龍》所言「文變染乎世情，興廢繫乎時序」之時代因素、盛衰氣象與個人境遇等對作品的影響力。此外，本文還選擇了可供做為對照組的「美麗與哀愁」類型，以見詞作經常顯現的哀愁心緒，但那也不是貶抑該美感類型，只是做為本文的對比觀察。

## (一)「美麗與哀愁」的美感類型

在中國眾多文學體式中，詞是最貼切於「美麗與哀愁」形容語的。「美麗」或指詞情之婉轉曲折、或指藝術風貌之清切婉麗，是一種屬於詞體特有的婉約、精微與細緻美感；「哀愁」則表現為詞人的「詞心」或詞中人的情感，深陷在難以自振的愁緒中；再者，填詞風氣初盛之時，眾多男性詞人「男子而作閨音」地學作「婦人語」，於是很自然地將男性對女性形象與感情的期望投射在詞作中，於是乎一種屬於「秀美」的審美感如柔弱、嬌怨、順從、悲傷、憂鬱……等種種哀愁，就躍然紙上而撩撥著讀者的心弦了。

### 1.「照花前後鏡，花面交相映」的空閨圖像

這是對一群攬鏡自照，如花朵「寂寞開無主」般的空閨寂寞、精神苦悶之美女圖繪。

傳統文學作品對於女性的形象描繪，經常充滿對愛情失落、等待落空以及相思絕望、空閨寂寞的怨悱書寫。詞人溫庭筠尤其擅寫這類心靈空虛美女的哀傷自憐心理，例如〈菩薩蠻〉中獨自挨盡漫漫長夜，又獨自「照花前後鏡，花面交相映」的美女。她雖然得意於自己的花容月貌，卻只能怨悱地孤芳自賞。又如〈更漏子〉那位處在本來適合兩情繾綣的紅燭微暈、鑪煙裊繞氛圍中，卻深為離情所苦而無心梳理殘妝的女子，她「夜長衾枕寒」地一夜反側而鬢雲殘亂；她嗔怪夜雨擾人地整晚傾聽廊階細雨直到天明，於是「梧桐樹，三更雨，不道離情正苦。一葉葉，一聲聲，空階滴到明」，也就成為歷來空閨之情的最佳代言了。再如〈夢江南〉那位從晨起「梳洗罷」就開始「獨倚望江樓」的女子，她從曉光到斜暉，眼看著「過盡千帆皆不是」而「腸斷白蘋洲」，亦道盡了她悽惻幽怨的空閨等待。再看溫詞中另一首充滿「虛閣」意象的〈更漏子〉：

　　星斗稀，鐘鼓歇。簾外曉鶯殘月。蘭露重，柳風斜。滿庭堆落花。虛閣上，倚闌望。還似去年惆悵。春欲暮，思無窮。舊歡如夢中。

詞中凡曉鶯、殘月、星稀、露重、風斜等，兼之滿庭落花，在在都渲染了詞中人的愴然心緒；而她，不管更深露重地，一逕倚闌盼望，並且是年復一年的持續等待。於是一幅幅絕望的空閨圖像，歷歷如在讀者眼前。

2.「終日望君君不至」的顒望佳人

　　這是對一群妝樓顒望卻望君不至的相思佳人摹寫──等待之情是其主題。

　　傳統文學作品對女性的要求，經常是「不怨不悱」的溫柔婉約形象，此中有部分是出自男性文人的愛情投射，即男性對女性的期望心理與理想愛情的形塑，以馮延巳〈謁金門〉為例：

　　風乍起。吹縐一池春水。閒引鴛鴦香徑裡。手挼紅杏蕊。鬥鴨闌干獨倚。碧玉搔頭斜墜。終日望君君不至。舉頭聞鵲喜。

詞中女子熱切渴望又百無聊賴的等待著；專注的等待，使得微風輕拂水面乍一出現的細小波紋，都逃不過她的眼底。但是終日等待實在太無聊了，而她亦無心他事，於是只好做一些讀者看來可能覺得無聊好笑、卻可以打發時光並分散心情的事情，像是在小徑裡領著鴛鴦閒逛，或是把紅杏花瓣片片在手中揉碎等。當然，那些春水漣漪、鴛鴦紅杏等等春意，也是益發增添她春情蕩漾、內心不平靜的客觀因素。而這樣忍受相思折磨的痛苦，如果最後有個歡喜的結局──良人出現，那麼一切的

等待就都值得了；然而事與願違地，這終究又是一場空等待。而且亟要留意的，是男性文人筆下的溫婉女性可以傷心（傷心更顯出女子對他的愛）、卻不可以死心（那就不再愛他了），所以詞人希望她能夠延續這樣的熱情等待，因此整首詞乃以女主角在失望中不經意抬頭、卻看見了喜鵲作結的——這樣的好兆頭，逼使女子不得不揣想：明日他或許就會來了吧？於是明日又是另一場漫長等待的開始。

## 3.「今宵酒醒何處」的文士悲歌

這是一如現代詩人鄭愁予〈飲酒金門行〉高喊「天使啊，拿酒來！」般地，但願長醉不願醒的「覺來雙淚垂」的文士悲歌圖繪。

哀愁，未嘗以女子的愛情失落為限；心靈極其敏感的詞人，也很容易陷溺在傷春悲秋、撫今追昔的感傷情調中。當詞人面對「春風春鳥，秋月秋蟬，夏雲暑雨，冬月祁寒」與夫「楚臣去境，漢妾辭宮」等鍾嶸所稱「感蕩心靈」者，或杜甫所謂「搖落深知宋玉悲」者，其哀愁也往往是不可自振的。就這一部分而言，詞人較能突破代擬的「閨音」藩籬，從客觀的觀者轉向主觀的抒懷述愁方向發展。譬如南唐詞人馮延巳、李煜等皆此中代表。馮延巳之「誰道閒情拋擲久。每到春來，惆悵還依舊。」「河畔青蕪堤上柳。為問新愁，何事年年有。」殆亦曹丕〈善哉行〉之所謂「憂來無方，人莫之知」了。那繁華熱鬧中的踽踽獨行，那緣自「花無百日紅，人無千日好」、「有花堪折直須折，莫待無花空折枝」的傷感無力，以及總是悄悄包圍著他的莫名哀愁，使得馮延巳雖然在身在歡笑人群中，卻總是保持著「縱有笙歌亦斷腸」、「昨夜笙歌容易散」的憂傷情懷，他甚至必須讓自己在「樓上春山寒四面」、「獨立小橋風滿袖」的冷風澆灌中，才能稍微清醒，此亦所謂「留連光景，惆悵自憐，蓋亦易飄颺於風雨者」了。而李煜的「林花謝了春紅，太匆匆。無奈朝來寒雨晚來風」，那哀傷就更不在話下了。杜甫嘗說

「一片花飛減卻春，風飄萬點正愁人」，後主那整林子春花都凋謝了的悲與愁，又豈止是「風飄萬點」而已？詞人看著那「欲盡」的「花經眼」，一林子殘花就這麼毫無保留地在眼前飄零落盡，怎能不淹沒在「觸目愁腸斷」的無邊痛苦中？怎能不耽溺在「傷多」的「酒入脣」中？於是〈夢江南〉中，讀者彷彿親見了後主那滿溢到紙外的淚水：

> 多少淚，斷臉復橫頤。心事莫將和淚說，鳳笙休向淚時吹。腸斷更無疑。

詞中人不是腸斷、就是有淚，這樣自我坦述的難以自勝悲苦，讀者是不容置疑的。於是後主總在「憑欄半日獨無言」（──他甚至曾經受不了地告訴自己「獨自莫憑欄」）與「醉鄉路穩宜頻到」中，悲嘆「此外不堪行」、「覺來淚雙垂」；他總在「燭殘漏斷頻欹枕」中，「起坐不能平」地沒有片刻寧靜。固然特殊的政治因素與時空條件，造成了後主的無垠哀傷，但其詞風所體現的，就是「亡國之音哀以思」的深度悲慟與無解難題。

再者，感士不遇也是造成詞人心靈創傷的原因。例如柳永用世志意落空與儒學仕宦家庭期許的落差，他一生不是在煙花巷陌中淺斟低唱，便是背負著行囊在道上趕路；他的內心世界，無疑是「遊宦成羈旅」的深沉悲痛、「狎興生疏，酒徒蕭索」的意興闌珊，以及「紅衰翠減，苒苒物華休」的心境投射；更是不知往後命運如何的「嘆後約、丁寧竟何據？」和萍飄無定的「今宵酒醒何處？楊柳岸、曉風殘月。」一個下層文士的悲苦境遇，他的低迷心緒一逕是「此去經年，應是良辰好景虛設」，這豈是筆墨所能道盡？其〈曲玉管〉下闋云：

　　暗想當初，有多少幽歡佳會，豈知聚散難期，翻成雨恨雲愁。阻追遊，每登山臨水，惹起平生心事，一場消黯，永日無言，卻下層樓。


在一片淒清秋色中，柳永就這樣倚著欄杆一直站到江天日暮的晚霞滿空、江上籠煙，終日不發一言；滿懷的雨恨雲愁、淹留旅人的山邊水涯，登山臨水也只是換來長日的黯淡和悲傷的沉默。柳永一顆挫傷累累的心、滿腔慘離懷的蕭索悲涼──一個下層失意文人所具現的寒士共悲，足令讀者深感此愁何極！

## ㈡感性與理性和諧的「美麗而不哀愁」

　　宋世的承平繁榮氣象與理性崇尚，使得饒富理趣成為宋人的藝術特質，文學作品在多情感傷之外，亦時有展現理性思致的佳作，如蘇軾詩作〈飲湖上初晴後雨二首〉：「水光瀲灩晴方好，山色空濛雨亦奇。欲把西湖比西子，淡妝濃抹總相宜。」朱熹〈觀書有感〉：「半畝方塘一鑑開，天光雲影共徘徊。問渠哪得清如許？為有源頭活水來。」便皆是膾炙人口之作。以下試以晏、歐、蘇詞為例，以說明在呈現詞之特有美感外，亦能深具圓融觀照的「情中有思」詞中佳作。

### 1.「不如憐取眼前人」的晏殊詞

　　性格剛峻、學問淹雅、獎掖後進不遺餘力，並曾經提攜范仲淹、韓琦、富弼、歐陽修、王安石等當世俊彥的晏殊，一生富貴閒雅、雍容大方。其詞風大致表現了和宋初太平國勢相一致的走向，是以他雖然面對大自然的日升日落、花開花落，也難免產生一些韶華難留的喟嘆；但其詞作每每呈現出一種「有節」的理性節制，譬如〈浣溪沙〉：

一曲新詞酒一杯，去年天氣舊亭臺，夕陽西下幾時回？無可奈何花落去，似曾相識燕歸來，小園香徑獨徘徊。

該詞雖是對於傷逝心緒的捕捉，但在面對四時變化與人生無常等感傷時，詞人卻表現了珍惜當下的態度——花雖然落了，還是有著燕子之來歸啊！是故詞人夠將傷逝的心緒從陷溺中抽離，不讓心情停留在失去的悲傷中，並將其轉化成為對於「似曾相識」的燕子來歸之歡喜心情。如此對失去與擁有的心境轉換、理性思考，使得人生不至淹沒在愁苦中，而能夠絕處逢生，柳暗花明。

晏殊詞儘管不脫五代詞風地還是屬於「酒筵文學」，因此也偶有對於細微感傷情緒的捕捉；不過他的感傷、離愁，有異於五代詞濃烈執著的深情哀美。其詞作體現了一個達官貴人對生活進一步反思後的淡淡惆悵與感喟，所以比較能夠掙脫「情」的束縛與牢籠，而具有更多的「思」的意境。再例如他的另首〈浣溪沙〉：

一晌年光有限身，等閒離別易銷魂。酒筵歌席莫辭頻。
滿目山河空念遠，落花風雨更傷春。不如憐取眼前人。

該詞雖然詞人也嘆息人生短暫，更何況在這逆旅短促的生命中還有著諸多令人銷魂的離別；不過詞人很快便理性思索到：與其一味地「空念遠」，而千方百計想要挽留已經失去了的諸事諸物，或是不可自拔地徒使自己深陷在「更傷春」的「落花風雨」哀傷情境中，還不如趁著還得意時，「酒筵歌席莫辭頻」地盡歡吧！還不如「憐取眼前人」地，珍惜當下的一切美好。因為任何傷亡悼逝，畢竟都無補於事；一切遙遠的思念，終究都是空的。是故晏殊詞在傷逝之外，還多了一份理性節制，正

所謂能「入乎其中」又能「出乎其外」——能入乎其中，所以能感；能出乎其外，所以能悟。也因此他能夠圓融平和地保持情緒之依舊平靜，而不致如後主「自是人生長恨水長東」、「流水落花春去也」般地入而不返、痛苦耽溺而無解。

　　晏詞在感性之中透顯著理性思致，具有如珠玉般溫潤雅潔的思想內蘊，這一人生哲學或可以「放手」（Let it go.）哲學理解之——當該放手了，就放開手吧！現代詩人碧果嘗有一詩曰〈花〉：「僅差一步／就是／界／外／脫去衣裳可以走了。」讀完全詩實在很難讓人找到它被名為〈花〉的線索；但細味之，則那句句所寫枯萎殆盡的殘花，何嘗不也象徵人生之步步失去其所擁有呢？當那已經失去花形、花色、花香，凋落幾盡了的殘朵，卻因為還擁有最後的一片花瓣，儘管可能是褪色、乾枯而卷皺了的花瓣——但就僅差這最後的「一步」，我們不能否認它是花。可是已經失去了色、香、味等美好本質的花，那已經變質了、走樣了的曾經「擁有」，還值得兀自掙扎緊抓住不放手嗎？還值得賴坐原地一逕哭泣著不捨、不甘嗎？且即使徒自掙扎著不放手，又真能留得住什麼呢？殘花猶有人憐嗎？再說，不放手的痛苦與掙扎煎熬，其所真正放不過的，正是自己啊！所謂花落與失去，不管你放不放手，最後它都一樣要消逝的——正所謂「滿目山河空念遠」啊！至於「放手」很難嗎？事實上人們所經常藉口的「我不能」，是「不為」也、非「不能」也，放手就如同進屋時脫去一件衣裳般地容易。而只要放開手了，自己也就海闊天空地走到「界外」了，也就可以昂首闊步地走出去了——所以晏殊對自己、也對讀者說：「憐取眼前人」，還是珍惜當下吧！

## 2.「直須看盡洛城花」的歐陽修詞

　　詞對歐陽修來說，是一種在文以明道、詩以美刺之外的感情宣洩口。他認為詩與詞具有明顯的分工角色，詩主於諫，詞就嫵媚多了；詞

是用以遣興、助歡的文學體式，因此歐陽修對於詞的創作，擺脫了言志、載道的束縛，有些出自遊戲之作、有些也以閨情離愁為題材，大多表現出婉約雋永、輕柔嫵媚的不脫《花間》與南唐餘緒詞風。不過在歐陽修領袖宋代文壇的風光背後，其仕途並非一帆風順，他那種天資剛健、見義勇為，雖機阱在前，亦觸之不顧的個性，使他也不免流離放逐至於再三；然而他卻能夠志氣自若地，以〈醉翁亭記〉「醉翁之意不在酒，在乎山水之間」，以及「使其中坦然不以物傷性，將何適而非快」的心境泰然處之，故歐詞能夠窮盡山林佳勝、四時美景的無窮之樂，而不見傷痕痕跡。因此歐詞婉約深摯與明快疏朗兼而有之，其中並屢見人生哲理與智慧光芒。譬如〈玉樓春〉便是能夠透顯一己修養與襟抱的詞中佳作：

樽前擬把歸期說，未語春容先慘咽。人生自是有情癡，此恨不關風與月。　　離歌且莫翻新闋，一曲能教腸寸結。直須看盡洛城花，始共春風容易別。

詞中的歐陽修無疑是多情的，但是他對於生命中的離合聚散，雖然不忍、卻不耽溺；反之，他說「離歌且莫翻新闋」，另外他也曾說「莫為傷春歌黛蹙」，勸人不要一味沉浸在哀傷氛圍中。他認為人在適度地發洩了情緒──唱完一曲已足令人「腸寸結」的離歌之後，就應該要收拾情緒把憂傷情緒拋除掉，並轉換情緒為對於有限人生的欣賞。所以他說趁著「洛城花」盛開的時候，就應該要盡情地欣賞。洛陽城那滿城花似錦的牡丹是出了名的美，倘使吾人真的已經欣賞夠了，精神都飽足饜飫了，那麼即使春去了，也並不會留下憾恨，所以此時已可以對著春風輕鬆地揮手，快樂地作別。

　　歐詞〈玉樓春〉所展現的正是一種「無憾」的人生哲學。而在歐陽修的「直須看盡洛城花」以外，吾人或亦可以延伸出下列思考，一問：洛城花你都看遍了嗎？一問：你的洛城花都開遍了嗎？當面對人生必然來臨的死亡時，我們是否已滿足、也滿意於自己的人生了？自覺盡力、也問心無愧而再沒有遺憾了？就如文天祥衣帶所書：「而今而後，庶幾無愧！」也如《聖經》保羅的書信：「那美好的仗我已經打過了；當跑的路我已經跑盡了；所信的道我已經守住了。」相信至此，其為人也，必是天空海闊了無憾恨的。所以《最後14堂星期二的課》墨瑞說「學會死亡，你就學會了活著。」──學會失去，你就也學會了擁有。上詞中歐陽修展現的，正是在多情「情癡」之外，復能理性將人生的失意轉為豁然、悲慨化為欣賞，而呈現出飛揚開朗的人生觀。或許對歐陽修來說，當歷經了「看山是山」、「看山不是山」，最後再來到「看山是山」的澄澈明淨境界時，一切是非風雨都在雲山之外了；既如孚上座的詩：「如今枕上無閒夢，大小梅花一任吹。」也如蔣捷〈虞美人〉：「而今聽雨僧廬下。鬢已星星也。悲歡離合總無情。一任階前點滴到天明」，不再起波瀾了。於是此際展現在眼前的，無一不是美好，無一不值得珍惜。因此當歐陽修在歷盡宦海浮沉、政治波瀾與政敵攻擊誣衊、晚年辭官歸隱後，他再度來到中年一度出官而深深愛上的潁州西湖時，就是以這樣的心與眼看待一切的。所以即使面對西湖「群芳過後」的狼藉殘紅、滿地落絮，他也能欣賞那仍有的：「垂柳闌干盡日風」、「雙燕歸來細雨中」的美好面，真所謂「何適而非快」了。而如此澄悟的超脫再加上餘情裊裊的深摯，也就構成歐詞中偶有的、如其文般，「野芳發而幽香，佳木秀而繁陰，風霜高潔，水清而石出者」，兼有婉約深摯與清新明快的詞風了。

## 3.「也無風雨也無晴」的東坡詞

曾經通判杭州，知密州、徐州、湖州；也曾因訕謗被逮赴臺獄，幾死，幸賴神宗憐才，以黃州團練副使安置，移汝州；後來又知杭州、潁州，貶寧遠軍節度副使、惠州安置，又貶瓊州；嗜肉，卻曾經過著「五日一見花豬肉，十日一遇黃雞粥」生活的蘇軾，其仕途之多舛，文學史上少有出其右者。然而他卻以「遣子窮愁天有意，吳中山水要清詩」的泱泱大度、「崎嶇世味嘗應遍」的人生幽默、「嗟我本狂直，早為世所捐」的任勞任怨，「一洗萬古凡馬空」地大力扭轉了詞的「綺羅香澤之態」，代之以瀟灑達放的藝術風格。這使得其詞風總是交疊著窮與通、起與落、悲與歡，既有消沉的感傷、也有豪放的達觀；既融貫了得意時的淡然，復參雜了失意時的泰然，而深深地扣動讀者的心弦。

一生光風霽月、磊落不群而「揀盡寒枝不肯棲」的蘇軾，每當他在看似已經再難負荷更多愁緒時，往往也就是他要以「神仙出世之姿」，脫然塵表地躍過痛苦深淵的時候了。劉熙載稱蘇詞：「厚，包諸所有；清，空諸所有。」因此蘇軾一方面雖然纖敏而深刻地捕捉人生共有的無常感，和逝水流年等等囓咬人心的傷感情緒；另方面卻又每能當之以無限開朗的胸襟，將愁緒消解於無形。故其詞既婉轉纏綿、幽微曲折，又往往「合其道於詩文」。是故蘇詞每能兼具人生感慨與通達事理的瀟灑於一身，是一種「天風海濤之曲，中多幽咽怨斷之音」的特有風格。例如當蘇軾被放逐黃州時，他曾在沙湖道中遇雨，同行者皆狼狽不已，唯獨蘇軾泰然自若地以任天而動、隨遇而安的胸襟安然當之，並賦〈定風波〉：

莫聽穿林打葉聲，何妨吟嘯且徐行。竹杖芒鞋輕勝馬，誰怕！一蓑煙雨任平生。　　料峭春寒吹酒醒，微冷，山頭斜照卻

相迎。回首向來蕭瑟處，歸去，也無風雨也無晴。

蘇詞經常呈現一種自谷底脫出的重生喜悅與超越灑脫。得與失、悲與喜、至痛與悟道之間，本是一線相隔；在谷底時，蘇軾也感受料峭春寒，當面對風風雨雨的人生和浮沉的宦海，他不是不痛——若非磨難深刻，他怎會寫出〈洗兒〉戲詩的「人皆養子望聰明，我被聰明誤一生。惟願孩兒愚且魯，無災無難到公卿」？所以當酒後遇雨時，蘇軾也覺得寒涼，酒意都被驅跑了，但是他只淡淡說了「微冷」，並且以一逕的灑落胸懷「何妨吟嘯且徐行」地踽踽獨行。哪怕有著穿林打葉的大雨，他也泰山崩於前而色不變地，在煙雨中竹杖芒鞋地豪氣邁往而無畏前行。雖然谷底寒風吹得人不禁打起寒顫，但是只要越過了山頭，一切就改觀了；當翻過了山頭，迎接著自己的，就是溫暖尚存的斜照餘暉——這或可以稱為「翻過去」的哲理與人生態度，這亦就是蘇軾從不絕望的頑強達觀，就像罅隙中生命力旺盛而永不屈服的小草。蘇軾的人生誠然有著高低起伏的各種挑戰，但是他的人生熱情始終不變，他就是以這樣的熱力感染讀者而撼動讀者心靈的。當我們讀其詞而猶自為他唏噓時，他早已雲淡風清地風雨過後，而「也無風雨也無晴」地回首來時路了。

又譬如蘇軾在黃岡赤壁磯下，看著那萬里江濤奔赴眼底，一時間千年興衰都齊上了心頭，遂不自禁地沉浸在「千古風流人物」一樣逃躲不過終歸煙滅的悲思中；不過蘇軾在「遙想公瑾當年」之借他人酒杯以澆自己胸中塊壘後，在慨嘆完了即連周瑜般功蓋一世的英雄豪傑，也不免隨著時間流逝而「浪淘盡」，那麼仕途浮沉如己者又復何言之後，便旋即懸崖勒馬地調整自己的情緒了。蘇軾自嘲：「早生華髮」就是因為多情自苦；其實「人間如夢」，不如敞開心胸地珍惜有限人生，盡情受用這如畫美景與江風明月吧！——蘇詞之可貴，就在於反省後總能超

脫，總能從悲慨中轉出；當不得意時，他都能退一步地想。就像雖然不能「致君堯舜」，卻還能夠「身長健」地「優遊卒歲，且鬥樽前。」而兄弟雖然分散各地，卻也還是「千里共嬋娟」地共賞一月，這何嘗不是一種大幸？於是他遂又能「忘我兼忘世」地「自引壺觴自醉」，玩味著「琴書中有真味」，間亦釋耒而歌、扣牛角為節，看著那「娟娟暗谷流春水」，而讀者也著實不得不被蘇軾「天風海雨」般的襟度所折服。

## (三)小結

　　詞體初興時，是一種酒筵文學的娛賓遣興之作，詞作經常沉溺在代擬女性的離情別苦心理與詞人抒懷述愁的「自憐式」書寫模式中；題材亦多局限在傷春悲秋、撫今追昔、愛情失落等主題的摹寫與刻畫。逮及北宋，則詞人比較能夠跨越上述窠臼，而表現出反省後的理性超脫，呈現著圓融曠達、豁然開朗的藝術風貌。譬如日理萬機的晏殊，他在俊美雅致的審美情趣與不免迷惘的困惑中，當然還必須有旁觀世情、圓融觀照的理性以裁斷國家大事，這樣的人格特質自然會內在成為文學創作的風貌特質。而歐陽修之深情追尋與理性節制，也是他在面對挫折時，譬如在「環滁皆山」的處境中，能夠融入蛙鳴暫聽、一詠一觴，能夠「鳥歌花舞太守醉」，「籃輿酩酊插花歸」，既歡然快意又意興飛揚的原因。再說到蘇軾「風格即人格」的無待自足與豁然自解，一種頗類似於陸游所謂「鏡湖原自屬閒人，又何必官家賜與？」的自做主宰，所以他的生命情境由他決定，一如其所賦詩：「雲散月明誰點綴？天容海色本澄清。」故能達到「情性之外不知有文字」。因此不管多少逆境，百轉千迴後蘇軾多能豁然轉出；每當用世志意落空時，他都能深諳「用舍由時，行藏在我」的道理，而自我寬慰到「長恨此身非我有，何時忘卻營營？」「袖手何妨閒處看」，是故失意中他總能做到浩氣逸懷地舉首高

歌，不致陷入自我怨艾中；面對挫折，他多能夠「苦雨終風也解晴」地雨過天青。

## 二、範文

### 浣溪沙 / 晏殊

　　一曲新詞酒一杯，去年天氣舊亭臺，夕陽西下幾時回？　　無可奈何花落去，似曾相識燕歸來，小園香徑獨徘徊[1]。

　　一晌年光有限身[2]，等閒離別易銷魂[3]。酒筵歌席莫辭頻[4]。　　滿目山河空念遠，落花風雨更傷春。不如憐取眼前人。

### 玉樓春 / 歐陽修

　　樽前擬把歸期說[5]，未語春容先慘咽[6]。人生自是有情癡，此恨不關風與月。　　離歌且莫翻新闋[7]，一曲能教腸寸結。直須看盡洛城花[8]，始共春風容易別。

### 定風波 三月七日，沙湖道中遇雨，雨具先去，同行皆狼狽，余獨不覺。已而遂晴，故作此 / 蘇軾

　　莫聽穿林打葉聲，何妨吟嘯且徐行[9]。竹杖芒鞋輕勝馬[10]，誰怕！一蓑煙雨任平生[11]。　　料峭春寒吹酒醒[12]，微冷，山頭斜照卻相迎。回首向來蕭瑟

處，歸去，也無風雨也無晴。

## 三、解釋

1. 香徑：滿是落花香味的小徑。

2. 「一晌」句：謂在有限的生命中，時光是非常短暫的。

3. 等閒：平常、不經意。

4. 莫辭頻：即莫頻辭，且莫頻頻推辭。

5. 樽前：臨別餞行時。樽，酒杯。

6. 慘咽：悲傷哽咽。

7. 翻新闋：一再重唱。翻，轉，重新。闋，量詞；歌曲一首叫一闋。

8. 「直須」句：勸人把握住所有人生的美好情境。

9. 吟嘯：吟詩、長嘯，表其意態閒適。

10.芒鞋：草鞋。

11.「一蓑煙雨」句：言對於披著蓑衣、冒著風雨的生活，向來處之泰然。

12.料峭：風寒貌。

## 四、賞析

　　兩首〈浣溪沙〉都是晏殊對感時傷逝心緒的捕捉。面對大自然的四時變遷、日落、花落，甚至燕子的去而復來，詞中人雖然有著喟嘆，但也都還有著日升、花開與再來的期待；唯獨人的青春，是一去不返的。對於這樣的無奈，那就只能藉著一曲新詞、一杯酒，獨自在小園香徑徘徊來解慰了。

　　晏殊詞雖與馮延巳相仿，都屬於「酒席文學」，但他有異於五代詞人濃烈、執著的深情哀美；呈現著一個達官貴人對生活反思後產生的惆悵與感喟，所以比較能夠掙脫「情」的束縛與牢籠，較少「傷痕」烙印，而有更多「思」的意境。其謂「空念遠」，以念遠為空——傷春哀

悼都是無用、無濟於事的，不如「憐取眼前人」——珍重現在。是以其詞雖不脫五代詞風，卻表現了圓融平靜，有著不同凡俗的理性深思與深度的思想內蘊。

至於〈玉樓春〉一詞，我們看見了歐陽修的用情態度。他無疑是多情的，但是對於生命中的離合聚散，他雖不忍，卻並不耽溺，反之，其曰「離歌且莫翻新闋」、「莫為傷春歌黛蹙」，勸人不要沉浸在哀傷中，且把憂傷的情緒拋除，轉為對有限人生的欣賞吧！所以他又說趁著洛陽花還美的時候，盡情欣賞吧！好好把握眼前一切美好吧！如此，就算離開了，也無憾了。正是在多情的「情癡」之外，復能將失意轉為豁然、將悲慨化為欣賞，表現出通達飛揚的人生觀。

再說到〈定風波〉一詞，則可謂東坡一生坦蕩、胸懷灑落的寫照。在風風雨雨的人生旅途上，他就是以「吟嘯且徐行」的氣度，踽踽獨行在浮沉的宦海中；哪怕有著穿林打葉的大雨，他也泰山崩於前而色不變地一樣竹杖芒鞋，在一蓑煙雨中豪氣邁往、無懼地前行。也許難免有著料峭春寒吹得人不禁寒顫的時候，但是當越過了山頭，又見一抹斜照當頭相迎——儘管已是餘暉，溫暖還是有的。這也正是東坡從不絕望的頑強達觀，他就是以這樣的熱力強烈感染著讀者、撼動著讀者心靈。而當我們讀其詞猶自為他不勝唏噓時，他卻已經雲淡風清、風雨過後了；因此當他回首來時路，已經不帶任何情緒地也無風雨也無晴了。

## 五、習作

1. 請說明晏、歐、蘇詞提供我們當面對人生挫折時，應該以怎樣的態度面對？

2. 在你過往的人生經驗中，有無類似的遭遇或情境？當閱讀了這些詞作之後，你對於過去的處理事情方式，是否產生反思？以及有沒有其他的想法、或啟示？

# 哲學與人生
## 「安身立命」的中國哲學本質

張麗珠

## 一、導言

　　生命的意義是什麼？——中國哲學偏言生命哲學，而生命的最大課題在於如何「安身立命」。人生短短的「生年不滿百」數十寒暑中，往往磨練多於歡樂，生、老、病、死緊緊跟隨，無人能夠擺脫。是以人如何在現實生活中找到足夠使其安心棲身，進而能夠突破有限形軀以實現永恆價值的生活方式，便是做為一個人終其一生所永無止盡的追尋。於是我們自問：生命的價值究竟為何？其意義到底在哪裡？生活是苦？是樂？是幸還是不幸？可是為什麼人們對於生命又總是眷戀地纏綿不捨？這許多問題便是中國哲學所嘗試要解決的「安身立命」問題。不同於西方傳統所側重的知識系統，因為中國人認為解決了知識問題並不等於解決了心靈問題；知識傳統無法取代人文傳統，知識價值的建立主要針對「認知我」，並不能滿足人生「情意我」與「德性我」的需要。因此人生的諸多難題，空虛、苦悶等迷惘無一不縛住人們心思、困住人們心靈，也因此中國哲學家們，不論各家，都不逃避對於生命課題的回答。以下略談對中華民族形成文化心靈影響最深遠的儒、道兩家思想。

## (一)何謂「安身」？

　　科技可以日新月異，經濟可以起飛，然而現代人的苦悶心靈獲得紓解了嗎？或者說古往今來人類的苦悶心靈獲得紓解了嗎？釋迦牟尼在樹

下悟了什麼道？他想要給予、開示世人的是什麼？儒家、道家兩千多年深植中國人心，它給了我們什麼力量好在世間自我安頓？安頓什麼？如何安頓？為什麼我們需要哲學家、思想家？當經濟掛帥時，哲學家們常被認為不切實際又愛做白日夢；然而金錢、名譽、地位、學歷、事業、親情、愛情、友情……真是人生的全部嗎？如果是，那麼，當我們擁有時確實會很快樂，可是如果失去呢？——而誰有力量足以阻止生命中任何的「失去」？當失去時，人們是否就此墜入痛苦深淵而無力自處？天才如李白，也不禁嘆「君不見：黃河之水天上來，奔流到海不復回？君不見：高堂明鏡悲白髮，朝如青絲暮成雪？」果然如此，我們不禁要問：快樂究竟緣自主觀還是客觀力量？人能掙脫命運的局限嗎？肉體生命固然不能永生，但人生價值能永恆嗎？——我們能否做到獨立自足、不管面臨何種程度的失去，都快快樂樂地自度一生、安身立命？

　　成就人生價值有「上、下」兩路：「形而上者謂之道，形而下者謂之器。」一是往上追求超越，以成就人生的永恆價值，即成就大我的「成道」之路；一是向下凝聚，走一條成就自我的「成器」之路。唯此乃個人各就其性與才之所近而自擇焉，不必強調其價值判斷、高下之別。雖然孔子也曾經說過「君子不器」，鼓勵人不要畫地自限，要勇於嘗試、追求人生無限的可能性；但是俗話也說：「恨鐵不成鋼，恨兒不成器。」所以「成器」未嘗不好，如荀子、墨子、韓非子所強調的禮制、法制，或知識性、技術性一類的專家之學，也都是非常踏實的一條成就自我之路，並不必勉強每個人都一定要追求永恆價值之創造；苟無其才與性，好高騖遠的結果，將反而造成憤世嫉俗、格格不入的「不安」人生，那就有違「安身立命」之本旨了。所以了解自己是很重要的。了解自己什麼呢？首先要了解自己的「心」究竟對什麼「安」？在什麼事情上可以得到「安心」的力量？

　　宰我問三年之喪，曰：「君子三年不為禮，禮必壞；三年不為樂，樂必崩。」孔子反問：「食夫稻，衣夫錦，於汝安乎？」並說明：「君子之居喪，食旨不甘，聞樂不樂，居處不安，故不為也。今汝安，則為之。」孔子就是以訴諸個人捫心自問的「誠」（包括真誠與誠實）而後之「安不安？」做為行為判準的。屈原雖投汨羅，但他一腔熱血，「雖九死其猶未悔！」即使重新選擇，他也必是視死如歸且甘之如飴的。杜甫也嘗有詩曰：「葵藿傾太陽，物性固莫奪。」葵花、豆蔓之追逐陽光是其本性，物之本性是無能改變的；物尚如此，而況於人？杜甫憂國憂民的忠愛本性，讓他在歷經稚子餓死、茅屋為秋風所破的悲傷時卻想著：「安得廣廈千萬間，大庇天下寒士俱歡顏？」無私的大愛才是他的心之所安啊！而臺灣知名作家王溢嘉，當年放棄即將到手的臺大醫科畢業證書，一頭投入當時醫療觀念仍十分落後的臺灣早期醫學教育、創辦《健康世界》雜誌，又在完成階段性任務後離開，再投入成立野鵝出版社，出版他理想中的著作，「寧為野鵝尚高飛，毋為馴鵝漫流年！」如此「可以為之生，可以為之死」的生命熱情，而非謀生寄託，就是「安」！就是人生價值之實現啊！面對生命中任一階段的時、事、地，我把自己放在哪一個定位上可以得到安心？一種讓人心甘情願、無怨無悔，可以不競逐紅塵、心隨境轉而堅定執著的坦然。——誠實且勇敢地面對自我。

## ㈡如何「立命」？——在有限生命中開創出無限價值

　　儒、道兩家都強調精神層次往上超越的形上價值取向，但進路不同。儒家強調通過德性心，走一條經由詩禮教化以實現文化傳統的「人文之路」；道家則強調虛靜心，走一條消解人為以復歸萬物本真的「自然之路」。

### 1.用禮樂教化成就人文價值的儒家思想

　　儒家的生命精神，在孔子所說的「志於道，據於德，依於仁，游於藝」中，已經明確地指點出一條具體可行的人生之路了。至於孔子既抱持「未知生，焉知死」的罕言「命」態度，卻又「五十而知天命」地知其不可而為之，實際上正是孔子強調人生應該「突破有限形體以創造無限價值」的積極「立命」態度。所以所謂「立命」，首先要能承認肉體生命必有其命限的局限，但客觀對待之、「不言命」地存而不論，因為那不是人生所能主觀宰制的；至於人之所當為，也就是主觀上吾人能夠努力的部分，這部分就要「知天命」、承擔天命，以實現生命價值了。此一精神也為後世史學家所繼承，故司馬遷亦自期以明「天、人之際」，凡主觀在「人」者，人應該盡其在我；至於非人力所能為之而歸諸「天」者，則「聽天由命」也。是以儒家不談命所「限」，反而強調要「立」命，要挺立、開創出生命無限的價值與意義來。

### ⑴「志於道，據於德，依於仁，游於藝」的禮樂教化之路

　　以「士志於道」挺立個人的道德主體，就是孔、顏樂處。孔子曾稱讚顏淵：「一簞食，一瓢飲，在陋巷，人不堪其憂，回也，不改其樂。賢哉！回也。」試問：其所樂者何？一種不求富貴利達、隨遇而安的單純安貧之樂嗎？非也！孔子這裡所讚美顏回能夠做到的「不改」，正是其「樂道」之心──他從未停下追尋理想的腳步去求取富利；他的腳步，從未被貧窮的困苦阻滯，始終堅定不移。此中展現的，正是一種「泰山崩於前而色不變」的對理想堅定執著。幼童啟蒙教育為什麼要讀偉人傳記？為什麼「詩，可以興」？要「興」什麼？就是要打從內心激發起個人的希聖慕賢之心，挺立出他的道德本心來──一顆知識份子的心，一種在有限形體中實現無限人生價值的使命感；也就是「士不可以不弘毅」地挺立出吾人之道德主體來，以為整個時代承擔起生命存在的

問題。亦孔子所說「三十而立」,能堅定自立地知道自己該走一條怎樣的人生之路,不再搖擺地做一個能為自己一生穩穩掌舵的船長。

　　至於行為原則呢?則儒家強調「據於德」地挺立出吾人的德性自覺,也就是要突顯人的道德自主性。人生際遇也許有富貴貧賤的殊別,稟氣厚薄也可能有智愚賢不肖的差異;唯有道德理性、良知良能之於人,一如天無私覆、地無私載、陽光雨露般,眾人平等而雨露均霑。其在於我,不待耳提,不待面命,刻刻發用如泉之湧出;只不過有些人因放失其心、理性受到蒙蔽,坐令行為失理罷了。孔子嘗說:「道之以政,齊之以刑,民免而無恥;道之以德,齊之以禮,有恥且格。」究竟何謂「無恥」?以政刑整飭人民竟會導致「無恥」的可怕後果嗎?——不是的,「無恥」並非「沒有羞恥心」之謂,更非責備人「無恥之徒」的負面語。事實上,禮、樂、政、刑都是社會生活中所不可或缺的。孔子曾為魯司寇,魯國大治,典制昭然;孔子也曾說:「聽訟,吾猶人也。」又說:「禮樂不興,則刑罰不中;刑罰不中,則民無所措手足。」孔子是贊成根據政刑原則來執行對某些人失理行為之整飭的。孟子也主張「明其政刑」,荀子更明言:「刑稱罪則治,不稱罪則亂。」是以對於一些已經成為事實的觸犯法律行為,是必須使其「刑稱罪」的,否則將反而造成「殺人者不死,傷人者不刑」的「罪至重而刑至輕,庸人不知惡」嚴重後果。所以「禮者,禁於將然之前;而法者,禁於已然之後。」因此「民免而無恥」是說如果一味地以政刑來引導的話,那將導致百姓行為雖能合法,個人卻不能挺立出道德判斷的道德自主性,也即無法建立起道德「自律」。孔子心中的理境在於達到禮教內化的「絕惡於未萌」、「使民日從善遠罪而不自知也」。唯有能夠道德自律了,才能達到「必也使無訟」的司法最高境界。所以儒家所強調的是人人根據道德判斷原則,人人皆能行道德自主性的價值判斷,於是乎

吾人一生中凡所有視、聽、言、動，一皆可以依據道德原理而自為主宰，毋令出現任何「不如理」的失理行為，這才是儒家德禮教育下自為主宰的「有恥且格」。

再落實到日用倫常的一切行為規範或準則來說，則「依於仁」的「非禮勿視，非禮勿聽，非禮勿言，非禮勿動」，可以做為生活的總指導原則。「仁」是儒家全德的總稱，因此「仁」很難臻至，孔子不輕易以「仁」許人。凡人生在世的一切行為準則，都可以被歸為「仁」的道德範疇；所有行為的判準，也都可以依據「仁」的原則，做為應世的根本大法。「仁」的呈顯，在於人的自覺不安處——當人意識到不安，就是他應反求諸己、反身而誠以自我省察與自我修正處。那麼，「仁」到底有哪些內涵而可以兼賅一切德性總原理？依據《論語》指點的「仁」，至少具有如下數義：

- 「苟志於仁矣！無惡也。」「仁遠乎哉？我欲仁，斯仁至矣！」「有能一日用其力於仁矣乎！我未見力不足者。」——「仁」是德性自覺的個人道德自主性之實現。

- 「夫仁者，己欲立而立人，己欲達而達人」：「仁」是推己及人、及物潤物的恕道實現。

- 「君子無終食之間違仁。造次必於是，顛沛必於是。」：「仁」是「任重道遠，死而後已」的終身實踐，是永無止境的無限踐仁歷程。

- 「仁者必有勇」、「仁者不憂」、「仁者樂山」：「仁」

是由本貫末、體用一貫的內外一體、通體是理，其精神氣象與天地同流。

- 「克己復禮為仁。一日克己復禮，天下歸仁焉！」：「仁」不但是個人躬行實踐的「為仁由己」，「仁」並且是從個人推擴到整個社會的道德理性終極實現。

所以「仁」很不易臻至，即使孔子已經使弟子讚嘆：「仰之彌高，鑽之彌堅，瞻之在前，忽焉在後！」及「仲尼日月也，無得而踰焉」了，孔子也還謙稱「若聖與仁，則吾豈敢！」頂多他只肯承認自己「為之不厭，誨人不倦」罷了！是以儒家在現實人生中高懸一全德之「仁」，以做為人生永無止境的道德實踐，使人人皆能具有永遠不斷向前的精進動力，生命方向永不迷失。

　　不過在強調道德之餘，「游於藝」之「行有餘力，則以學文」，亦是儒家強調的對自我生命之安頓。「藝」，凡《六經》與和「六藝」所包含的禮、樂、射、御、書、數等「下學」之學與外王事業，皆孔子「游於藝」所指攝的內涵，這是從儒家要求「進德」外亦同時兼重「修業」層面來說的；也可以從顏淵論儒教，標出「博我以文，約我以禮」兩端的「文」之一端，或《中庸》論「君子尊德性而道問學，致廣大而盡精微」的「道問學」一方面來理解之。落實在今日社會中，則凡足以成就專家之學的專業領域皆屬之。另外還要指出的是，它同時兼攝了美學素養、美感層次等一切人生的審美價值而言。

　　孔子曾經與眾弟子閒談，孔子問如有知之者，將何以為用？而在子路、冉有、公西華等人各自陳述了政治、外交、宗廟祭祀各方面的抱負以後，暫停止鼓瑟的曾點說出了他所嚮往的境界，是「暮春者，春服既

成，冠者五六人、童子六七人，浴乎沂，風乎舞雩，詠而歸」。這一番答問觸動了孔子的審美心靈，孔子忍不住認同地說：「吾與點也！」儒者，本該氣象萬千，不該左支右絀地成為規規小儒；宰予晝寢固非孔子所認同，但案牘勞形也非孔子所期於儒者。子之燕居，「申申如也！夭夭如也！」自然流露出一片雍和愉悅的氣象來。所以宋儒邵雍為學，興至便投竿弄水、擊壤而歌，他並愜意自在地說：「學不至於樂，不可謂之學。」此真發自內心真誠快樂的學習境界。所以明儒陳白沙便非常欣賞如陶潛與邵雍般的自在心靈，他在當時瀰漫著的檢束自勵之程朱學風外，也以物我合一、求樂自適的灑脫曠閒為追求，將聖學與自我安頓真正聯繫起來，為久受到謹嚴道學氣縶縛而道貌岸然的學界，注入了一絲清新的活潑空氣。此即儒家「游於藝」所強調的生命情調、生活情趣等種種美感境界之實現。

(2)子罕言命——「斯人而有斯疾」之命限和「知其不可而為」之立命

　　事有人力所能為之者，亦有人力所不能為之者。前者如「志於道，據於德，依於仁，游於藝」，此皆吾人力能主觀掌握者，「我欲仁，斯仁至矣！」故必期之以盡其在我。後者如死生窮達之命限，斯則志士之大痛也，亦孔子所無可如何者也！因此當伯牛病重，孔子只能無奈地自牖執其手，痛心地連說了兩次「斯人也而有斯疾也！斯人也而有斯疾也！」已矣夫！命矣夫！「吾生也有涯」，死生之「必然」有客觀「命限」在，這豈是人力所能為之主宰的？

　　孔子曾經自嘆：「吾豈匏瓜也哉？焉能繫而不食！」而當孔子在匡遭遇危難時，也說：「文王既沒，文不在茲乎？天之將喪斯文也，後死者不得與於斯文也！天之未喪斯文也，匡人其如予何？」另外，公伯寮向季孫毀子路時，孔子亦言：「道之將行也與？命也！道之將廢也與？

命也！公伯寮其如命何？」斯文得傳否？斯道得行否？文化傳承有其歷史條件和政治因素等客觀因素在，不是純任主觀力量的道德事業，所以孔子只問自己盡力否，至於事實成敗，則概歸諸「命」；然而道德價值之所以可貴，正在此中的自覺主宰意義──亦如子路轉述孔子語以告隱者之言：「君子之仕也，行其義也！道之不行已知之矣！」孔子與門徒都是明知其不可而仍然堅持為之的，這就是文化事業之兩肩擔起。因此在有限的生命限制與客觀力量的影響下，仍然堅持彰顯生命的無限價值與意義，就是「立命」，就是孔子所衷心關懷的道德實踐問題、人生之「應然」。所以當孔子與弟子在陳絕糧，從者病而莫能興，子路滿心憤懣地怒道：「君子亦有窮乎？」孔子卻不怨天、不尤人而心平氣和地說：「君子固窮，小人窮斯濫矣！」對於生命中先後踵繼的挫折磨難，無人能夠自免；但唯有志士仁人能夠堅持到底，始終不改素志而「顛沛必於是、造次必於是」地「立命」。因此張載言：「為天地立心，為生民立命，為往聖繼絕學，為萬世開太平！」斯為儒家安身立命之最高人生價值實現。

### 2.用清靜無為消解人生執著的道家思想

《老子》云：「我無為而民自化，我好靜而民自正，我無事而民自富，我無欲而民自樸。」此殆道家精神之充分呈顯了。同樣緣自周文典範危機的時代背景，道家採取了有異於儒家以禮樂教化成就人文價值的道德進路；另外代之以清靜無為、少私寡欲的破除世俗價值方式，以消弭人心逐欲所帶來喪失本真的心靈痛苦。

道家思想及其理論提出，主要就是師法自然之「道」。「道」是天地萬物之所以生的總原理，也是經驗界一切現象變化的形上依據。「道」是無為而無不為的，所以道家思想就是依此自然之道而建立起強調「虛靜心」的人生哲學。道家主張以「無為」復歸萬物本真、消解虛

偽矯飾，要將一切不屬於生命本質的成見統統取消掉，使人們不再執著於成見，不再疲心勞神地向外追求，這樣精神層面才有可能達到自由的逍遙境界。

⑴見素抱樸、少私寡欲

　　道家思想有別於儒家強調以「德性心」開人生大道，及其用以成就文化傳統的禮樂教化之路；道家截然不同地選擇了以「虛靜心」存全本真，以消弭人為造作、馳心外騖與盲目追求對人性所造成的束縛與痛苦。

　　老子輕物重生，不以物累形；老子哲學中「心」的意義，不在於活動的支配性，而在於「靜」，以其能夠「虛其心」，所以能夠達到精神上淵靜悠遊的可能。所以《老子》說：「甚愛必大費，多藏必厚亡。」現實生活中的愛欲與追求愈多，其精神層面的亡失與痛苦也就愈大，只有反璞歸真、少私寡欲，才能平復因馳心外騖所造成的精神損耗；只有不強求一種既定模式的人生型態，順著生命本真的自然發展，人生才能達到無入而不自得的任真境界。所以《老子》主張「無為」，即不強求地順其自然。此中由於未經「有為」的刻意追求，因此即使其結果不符世人所期待，也因並無「期望」與「結果」的落差，而不會導致失望與痛苦。故道家不以世俗的得為得、失為失、生為生、死為死，唯其如此，才能換一個角度看；而也只有不堅持生命的必然樣貌，才能夠達到內心的自由狀態，即莊子所謂之「逍遙」。

⑵破執──取消現象界的對待概念與價值成見

　　凡現象界的一切殊別概念與價值存在，都不是絕對的，都是「有無相生，難易相成，長短相較，高下相傾」的相對比較。既沒有絕對價值，當然也就沒有值得人生去執著追求的；然而世人往往高懸諸多價值，使得人生成為一場永無止盡的競逐。情識情執逐境逐物，伊於胡

底？兼之人多「自是相非」，更造成人際關係的扞格衝突與煩惱滋生。是以人之不得懸解，很大的原因，就在於因襲且執著既定的價值成見；要達到精神超越，首先就要破除既有的執著。因此莊子透過消解現象界的一切價值對立性，以使人們放下負擔，達到精神層面無待於任何價值與條件成全的絕對逍遙與自足。

當人心為世俗價值所拘縶縛綁，其精神面便只能亦步亦趨、步步為營地不得自由；而現實人生中最難以豁解的難題，首推對於死生壽夭的執著，是以莊子先破除世人對於形軀肉體的「有／無」執著，然後進至消解人生的種種執著。《莊子》力闡「死生無變於己」──吾人形軀其實是一物理性的存在，是變遷宇宙中不斷變易的萬物之一；形軀肉體由無而有、由生而死，亦不脫萬物流轉，因此「形軀」非「我」，形軀乃一物理生命之流變歷程。明乎此，則可以破生死之執矣！是故生命不論百歲或中道殂逝，其為壽乎？夭乎？與彭祖比、與「八千歲為春，八千歲為秋」的大椿樹比、抑或與蜉蝣比？都不過是一種相對比較罷了，實際上夭壽是不二的。故莊子之「外生死」，由「齊生死」而來；而能「齊生死」，便能死生無動於衷地破除生死執著了。

再者，現象界的一切價值概念皆有其限定條件，只有在特殊條件下其概念才能成立，例如「麒驥驊騮，一日而馳千里，捕鼠不如狸狌」、「鴟鵂夜撮蚤、察毫末，晝出瞋目而不見丘山」，可見是與非、肯定與否定，都不具有絕對性；一切是非皆屬成見，一切價值莫不「因其所大而大之，則萬物莫不大；因其所小而小之，則萬物莫不小」。既然價值並非絕對，概念也由相對而來，而且好惡隨心，那麼現象界的一切概念，便都是充滿不確定性的，所以莊子所要極力破除的，是人們所自以為是的一切概念成見，凡一切世人對於金錢財富、名利地位、高矮胖瘦美貌與學歷高低成就……等種種人生追求與盲目認定，概皆不在道家認

可之列。

### ⑶無為、無我的應世之方

　　萬物流轉，道通為一，那麼吾人在現世的有限存在中，要如何「與道冥一」地將現實人生提升到與「自然」合「道」的層次呢？莊子嘗以「庖丁解牛」妙喻個人與世間萬事萬象的關係，並以解牛之進程做為人生之進程——初學解牛的庖丁，其眼中「所見無非全牛」，一開始，對象與我處處對立而掣肘；三年後，他已進至「未嘗見全牛」，但仍不免以自我為出發，而徒欲恃其「技」以制之；最後，當他終於能夠「以神遇，而不以目視」時，他已能「無我」地放下感官知覺與自我，而「官知止而神欲行」地「技進於道」，從用「技」進至合「道」了。庖丁一步步地放下自我的過程，正是人生與整個自然（牛、對象）冥合而恢恢乎遊刃有餘地的「以無厚入有間」進程。至此，人生自是不再有對立。

　　所以得「道」的境界，是一種不計利害、是非、功過，並能忘乎物我、主客、人己，從而讓自我與整個宇宙合為一體的人生審美觀照與理想人格。但是在人生歷程中，人必然地要與世俗處，則在現實環境中，人要如何避禍以「全其生」呢？於此，莊子發揮了老子的「和光同塵」思想，反對因才賈禍、懷璧其罪。他亦嘗藉言櫟社樹美在無用，美在以「無用」擺脫了現世之「有用」而得以全生的寓言故事，闡明露才揚己是「以其能，苦其生者也。故不終其天年而中道夭，自掊擊於世俗者也」。不過莊子又曾藉故人欲殺雁以待客，而謂豎子曰「殺不能鳴者」，以說明他之「處夫材與不材之間」的「不異乎眾庶以免於累」處世態度。要之，在現實人生中，莊子正是以無為、無我、自得自足，以使心靈達到逍遙自由的境界。

　　道家的無為無造作，可以視為針對儒家強調有心有為的道德承擔所

可能造成流弊之深切反省。道家之所謂「無」，是通過修養工夫之無心無為，以放下、讓開的方式，消解掉對他人的限制與束縛，以使每一個人都能自在自得地任其本真，如此，便是「為無為，則無不治」之「道常無為，而無不為」了。

## 二、範文

### (一)儒家範文選讀

- 「仁遠乎哉？我欲仁，斯仁至矣！」（《論語·述而》）

- 曾子曰：「士不可以不弘毅，任重而道遠。仁以為己任，不亦重乎？死而後已，不亦遠乎？」（《論語·泰伯》）

- 「夫仁者，己欲立而立人，己欲達而達人。」（《論語·雍也》）

- 人皆有不忍人之心。先王有不忍人之心，斯有不忍人之政矣！以不忍人之心，行不忍人之政，治天下可運之掌上。所以謂人皆有不忍人之心者，今人乍見孺子將入於井，皆有怵惕惻隱之心；非所以內交於孺子之父母也，非所以要譽於鄉黨朋友也，非惡其聲而

然也。[1]由是觀之，無惻隱之心非人也，無羞惡之心非人也，無辭讓之心非人也，無是非之心非人也。惻隱之心，仁之端也；羞惡之心，義之端也；辭讓之心，禮之端也；是非之心，智之端也。人之有是四端也，猶其有四體也。有是四端而自謂不能者，自賊者也；謂其君不能者，賊其君者也。凡有四端於我者，知皆擴而充之矣，若火之始然、泉之始達。苟能充之，足以保四海；苟不充之，不足以事父母。（《孟子·公孫丑上》）

• 故枸木必將待檃栝、烝矯然後直，鈍金必將待礱厲然後利；[2]今人之性惡，必將待師法然後正，得禮義然後治。今人無師法，則偏險而不正；無禮義，則悖亂而不治。古者聖王以人之性惡，以為偏險而不正，悖亂而不治，是以為之起禮義、制法度，以矯飾人之情性而正之，以擾化人之情性而導之也。[3]（《荀子·性惡》）

## (二)道家範文選讀

• 禍兮福之所倚，福兮禍之所伏。（《老子》五八章）

- 天下皆知美之為美，斯惡已；皆知善之為善，斯不善已。故有無相生，難易相成，長短相形，高下相傾，[4]音聲相和，前後相隨。（《老子》二章）

- 上善若水。水善利萬物而不爭，處眾人之所惡，故幾於道。[5]（《老子》八章）

- 五色令人目盲，五音令人耳聾，五味令人口爽，馳騁畋獵令人心發狂，難得之貨令人行妨。[6]是以聖人為腹不為目，故去彼取此。（《老子》十二章）

- 昔者海鳥止於魯郊，[7]魯侯御而觴之於廟，奏九韶以為樂，具太牢以為膳。鳥乃眩視憂悲，不敢食一臠，[8]不敢飲一杯，三日而死。此以己養養鳥也，非以鳥養養鳥也。夫以鳥養養鳥者，宜栖之深林，遊之壇陸，浮之江湖，食之鰌鰷，隨行列而止，委蛇而處。[9]彼唯人言之惡聞，奚以夫譊譊為乎！〈咸池〉、〈九韶〉之樂，張之洞庭之野，鳥聞之而飛，獸聞之而走，魚聞之而下入；人卒聞之，相與還而觀之。[10]魚處水而生，人處水而死，彼必相與異，其好惡故異也。故先聖不

一其能，不同其事。名止於實，義設於適，是之謂條達而福持。[11]（《莊子‧至樂》）

- 匠石之齊，至於曲轅，見櫟社樹。[12]其大蔽數千牛，絜之百圍，其高臨山十仞而後有枝，其可以為舟者旁十數。[13]觀者如市，匠伯不顧，遂行不輟。弟子厭觀之，走及匠石，曰：「自吾執斧斤以隨夫子，未嘗見材如此其美也。先生不肯視，行不輟，何邪？」曰：「已矣，勿言之矣！散木也。[14]以為舟則沉，以為棺槨則速腐，以為器則速毀，以為門戶則液樠，以為柱則蠹，是不材之木也。[15]無所可用，故能若是之壽。」匠石歸，櫟社見夢曰：「女將惡乎比予哉？若將比予於文木邪？夫柤梨橘柚，果蓏之屬，實熟則剝，剝則辱；大枝折，小枝泄。[16]此以其能，苦其生者也。故不終其天年而中道夭，自掊擊於世俗者也。物莫不若是。且予求無所可用久矣！幾死，乃今得之，為予大用。使予也而有用，且得有此大也邪？」……山木自寇也，膏火自煎也。[17]桂可食，故伐之；漆可用，故割之。人皆知有用之用，而莫知無用之用也。（《莊子‧人間世》）

## 三、解釋

1. 乍：猶忽也。怵惕：驚動貌。怵，音ㄔㄨˋ。惻，傷之切也。隱，痛之深也，此即所謂不忍人之心也。內，讀ㄋㄚˋ，結交。要，平聲，ㄧㄠ，求也。惡，去聲，ㄨˋ。聲，名也。

2. 枸木：彎曲之木。檃栝：正曲木之器。烝矯：烝之使柔，矯之使直。礱厲：皆磨也，厲與礪同。

3. 擾：馴也。

4. 相形、相傾：謂由相比較而來。

5. 幾：平聲，ㄐㄧ，近也。

6. 五色亂目，使目不明；五聲亂耳，使耳不聰；五味濁口，使口厲爽；趣舍滑心，使性飛揚。行妨：妨農事也。

7. 此據《國語》「爰居止魯東門之外三日，臧文仲使國人祭之。」海鳥名曰爰居，形容極大，頭高八尺，避風而至，止魯東郊，彼實凡鳥而妄以為瑞。臧文仲以為神鳥而祀之，迎於太廟而觴宴之。韶樂牢觴，是養人之具，非養鳥之物也，故海鳥目眩心悲，數日而死。郭外曰郊。

8. 御，迎也。〈九韶〉舜樂名也。太牢，祭祀供牛、羊、豕也。臠：塊肉。

9. 養鳥之法，宜栖茂林，放洲渚，食魚子，浮江湖，逐群飛，自閒放，此以鳥養之法養鳥者也。壇陸：湖中的陸地。委蛇：即逶迤，隨順、寬舒自得也。

10. 奚：何也。譊：音ㄋㄠˊ，喧聒也。〈咸池〉：堯樂也。洞庭之野：謂天地之間也。卒：同猝，忽然。還：繞也。〈咸池·九韶〉，唯人愛好，魚鳥諸物惡聞其聲，愛好則繞而觀之，惡聞則高飛深入。

11. 義者宜也，隨宜施設，適性而已。如是之道，可謂條理通達而福祉常存。

12. 之：適也。曲轅：曲道，一云地名。櫟：木名。社：土神。古時常選樹木大的，建社奉祀之，是即以櫟為社樹。

13. 絜：度量。一抱叫一圍。旁讀為方，且也，言其可以為舟者方十數，即櫟社樹之枝幹堪為船者且十數也；或謂旁枝也。

14. 已：止也。散木：錯雜分離不成紋理的樹木。匠石知大木之不材，非世俗之所

用，嫌弟子之辭費，訶令止而勿言也。

15. 樠：脂流漫污。蠹：木內蟲也。為門戶則液樠而脂出，為梁柱則蠹而不牢固。

16. 惡乎：音ㄨ，猶何也。若：汝也。予：我也。可用之木為文木也。在樹曰果，柤梨之類；在地曰蓏，瓜瓠之徒。剝：擊落。辱：挫也，泄當讀為抴，牽引也。謂汝豈比我於此輩者耶？當果實熟了，即被人剝落，於是大枝為斧斤斫伐，小枝則被牽引拉扯。

17. 寇：伐也。山中之木，為有材用，橫遭寇伐。油膏能明照，故被煎燒。

## 四、賞析

　　孔子嘗藉孺子歌曰：「滄浪之水清兮，可以濯我纓；滄浪之水濁兮，可以濯我足。」而謂「清斯濯纓，濁斯濯足，自取之也」。道家則強調要與「自然」和諧一致，無為、無對、不外露鋒芒、不自招眾矢以肇造事端，如此才能「無遺身殃」，才不會把自己逼到「高處不勝寒」的絕境。故《老子》曰：「知者不言，言者不知。塞其兌（猶竅），閉其門，挫其銳，解其分，和其光，同其塵。」以使心靈常保寧靜、人生平和。道家所強調的虛靜心，有異於儒家的道德心——儒家強調以仁心、德性去投入、去承擔，即使知其不可也要堅持為之，希望藉由禮樂傳統厚植人性根源，以成就文化傳統，因此強調由「德性心」開人生大道，走一條禮樂教化的人文之路；道家則以一種天地無心無為的「生而不有」、「長而不宰」，不妄加干涉、不強為主宰的方式，使萬物自生自成地保全本真，而當人們能夠以虛靜心去放下、去讓開，其人也就得到心靈自由了。

　　於此，我們或可以藉屈原憔悴行吟江畔時，他和江邊漁父的一番對話，以見儒、道對於人生之不同抉擇。漁父對屈原說：「聖人不凝滯於物，而能與世推移；世人皆濁，何不淈其泥而揚其波？眾人皆醉，何不

餔其糟而歠其醨？何故深思高舉，自令放為？」屈原則回答以：「安能以身之察察，受物之汶汶者乎？……安能以皓皓之白，而蒙世俗之塵埃乎？」所以他選擇了「寧赴湘流，葬於江魚之腹中」。孔子與隱者、屈原與漁父、儒家進取與道家和光同塵，本無是非對錯或高下優劣，那是一種對於人生理念的各自堅持，也或許是一種時也、勢也的必要選擇。而當吾人面對人生的不同階段、不同抉擇時，上述的儒家、道家兩種思考，或亦可以提供我們做為截長補短的互補人生觀與生命態度吧！

## 五、習作

1. 請說明儒家式和道家式人生態度的不同。
2. 人生觀的差異並無高下優劣之分，只是一種適才適性；那麼你的性情傾向哪一種人生態度？能否在你的現實生活中舉例印證你的自我觀察與認知？

# 英語篇

・導　論

・西洋文學與人生(一)：
伊索寓言故事中的工作智慧

・西洋文學與人生(二)：
伊索寓言故事中的理財智慧

・西洋文學與人生(三)：
古希臘的三大悲劇與人生哲理

・西洋文學與人生(四)：
莎士比亞的四大悲劇與薛西佛斯的神話

・西洋文學與人生(五)：
英國文學中的奇幻與想像（中古世紀至十八世紀）

・西洋文學與人生(六)：
英國文學中的奇幻與想像（十九世紀與維多利亞時期）

# 導 論

王銘鋒

　　西洋文學從古希臘羅馬的神話、史詩、悲劇與寓言之各形式的文學作品，歷經中古世紀的時代背景與社會潮流的發展，一直到當代以英美以及歐洲國家為主的作家所寫的文學名著，其中的文藻詞彙、修辭與典故都蘊涵了無數博大精深的寓意、傳奇和想像的色彩以及社會文化意涵。更重要的是這些作品也隱含豐富與崇高的人生哲理，值得讀者細細的品味與推敲。本單元共選了三位教授共六篇的文章，由古希臘的伊索寓言做開端，再談到古希臘的三大悲劇與十六世紀英國莎士比亞的四大悲劇，最後再以中古世紀至十九世紀末的英國奇幻與想像為題材的幾本英國文學的小說作品，來說明這些西洋文學名著裡的角色、情節與寓意，所帶給讀者在人生經驗與哲理上的省思與啟示。

　　應用英語系主任周晏安教授以古希臘的伊索寓言故事集裡的幾則英語版的原文範文故事，藉由深刻的哲理和教誨的寓意，特別是強調個人工作與理財的智慧寄託在簡短的故事裡的文學形式，來讓讀者不僅學習英文並且也達到習得人生哲理的目的。伊索寓言的故事，不僅是適合兒童閱讀，這些故事所顯現的人生處事智慧之深厚意涵，也同樣地適合讓其他各年長年齡層的讀者來閱讀與了解人生的道理。

　　人文學院院長王大延教授（應用英語系王銘鋒助理教授參與協助撰寫）是以古希臘的三大悲劇作家所寫的代表性作品與莎士比亞的四大悲劇，來說明西洋悲劇裡，令人憐憫的悲情角色所遭遇的人生際遇以及他們如何與命運間的掙扎與搏鬥。在這過程中，這些經典的西洋悲劇所帶給讀者的高尚胸懷情操及淨化人心的情感，對人生處世智慧與命運觀之

詮釋與關照是非常有幫助的。

　　應用英語系王銘鋒教授則是以中古世紀至十九世紀維多利亞末期的英國文學作品裡，令人陶醉的奇情與幻想的世界，來讓大家了解，其實這些作品已表達出若干的意識型態與社會文化的意涵。這些英國文學作品中所呈現的騎士、超自然文學傳統，或是超脫俗世之奇幻與想像的人物與情節，是很值得讀者去品味咀嚼其中隱藏的涵義。然後透過閱讀文本的學習成效與心得，藉此讓讀者去做延伸或是連結到人生經驗的體會與了解的運用。

　　藉由三位教授所傳授與教導的西洋文學作品裡頭的情節與語文涵義之深入淺出的介紹，希望能讓大學生理解西洋文學作品的精深與精髓。更重要的是能充實這些西洋文學作品，所帶給我們的處事經驗與人生哲理之學習與啟發。

# 西洋文學與人生㈠
## 伊索寓言故事中的工作智慧

周晏安

## 一、導言

　　許多文化都有一些金科玉律，寓言對我們所有人都有一些寓意。寓言是一種把深刻的哲理和教訓寄託在簡短、形象的故事裡的文學樣式。寓言是智慧的花、哲理的詩，它們閃爍著人類智慧的火花。寓言賜予我們想像，它們是前進路上的基石。古老的故事，永恆的智慧，心靈的啟迪從這裡開始。讓我們細細品讀，久久回味，用智慧的光芒照亮人生的道路。寓言就像是一個魔袋，雖然袋子很小，卻能從裡面拿出很多寶藏來，甚至能取出比袋子大很多的寶藏。伊索寓言雖然是屬於兒童作品，但其中寓言的寓意同樣適用於成年人。

### ㈠寓言的定義

　　寓言是常被提及的簡短故事，最常用類似人類的動物角色來諷刺人類的愚蠢或說明一個寓意。最早的寓言是用梵文書寫印度"Panchatantra"。除伊索之外，其他知名的寓言作家包括俄羅斯詩人Ivan Krylov、德國劇作家Gotthold Lessing、法國詩人Jean de La Fontaine以及英國詩人John Dryden和John Gay。美國作家James Thurber於1940年在他的著作《我們這個時代的寓言》中提出了新的寓言，英國作家George Orwell於1945年在政治寓言《動物農莊》中使用了寓言結構。

## (二)伊索寓言的特徵

　　伊索寓言裡經常闡明一些濫用權力、傲慢、貪婪等弱點，情節往往展示富人和強勢群體與窮人和弱勢群體之間的衝突。在2002年的「觀眾」專欄中，英國古典作家Peter Jones指出，這些寓言要不就是強調攻擊更強大對手的愚蠢，要不就是強調弱勢群體用詭計對抗強大對手的需求。Peter補充說：「這些寓言經常提醒我們，人的本質是永遠不會改變。」作者伊索利用人們喜歡聽故事的天性，再運用文學的技巧，傳達深刻的想法。這本書就像是一面明鏡，可以幫助我們看到事情的真實面，也讓我們學到了生活的智慧。

## (三)著名的寓言

　　許多故事已經流傳了多年，許多故事已成為迪士尼頻道上的動畫故事。你肯定已經聽過「狼來了！」、「龜兔賽跑」、「狐狸和葡萄」以及「蚱蜢和螞蟻」。雖然講伊索寓言故事的人，可能是生活在西元前620和560之間古希臘的奴隸，但實際上故事可能更加久遠。

　　一些最著名的伊索寓言包括「龜兔賽跑」、「狐狸和葡萄」以及「獅子和老鼠」。在「龜兔賽跑」故事中，這兩隻動物進行了賽跑，傲慢的野兔休息了一會，沒有繼續前進，而烏龜卻一直在慢慢地爬行，這個故事給我們寓意是：「緩慢而穩定的人最後一定能贏得比賽」。而「狐狸和葡萄」故事中，狐狸試圖拿到一串無法接觸到的葡萄。當他失敗時，他走開了，並且嘀咕著：葡萄可能是酸的，從而產生一個諺語「吃不到葡萄說葡萄酸」。在「獅子和報恩的老鼠」的故事中，一隻老鼠喚醒了一隻獅子，獅子威脅要吃掉老鼠。老鼠乞求獅子的寬恕，並說服獅子自己並不是獸中之王的獵物，就這樣子，獅子讓老鼠離開了。過了幾天，當獅子被獵人捕獲時，這隻老鼠想辦法幫助獅子逃跑，因為他

感謝獅子當時憐憫他，所給予最直接的回報。

## ㈣關於作者伊索

　　伊索的生活充滿神祕和傳奇。據古希臘歷史學家Herodotus記載，伊索是薩摩斯愛琴海島的奴隸。歷史學家Plutarch稱，他被Lydia國王Croesus的法庭扣押，Lydia是現代土耳其的一部分。埃及記載補充：伊索重獲自由後，在巴比倫定居，土耳其中部和埃塞俄比亞都被指為是他的出身地。據說，希臘的獨裁領導人對伊索受歡迎這件事情感到非常不滿，所以就指責他偷取了德爾菲阿波羅神廟的寶物，設計他最後並置他於死地。

## ㈤伊索寓言裡的人生智慧

　　工作中必定會遇到一些很難相處或是很難搞的人，而且絕對是無法避免的，要如何與他們打交道，也是工作中的重頭戲。接下來分享的，是從伊索寓言的智慧中習得如何面對工作中難相處的人，這些難相處的三種人有：喜歡吹牛的人、不會做出絲毫妥協的人和脾氣暴躁的人，將透過三個故事特別提醒我們，要如何和這些難相處的人打交道。

# 二、伊索寓言範文

## ㈠寓言故事一：The wind and the Sun

　　*Once the wind and the Sun came to have a quarrel. Either of them claimed to be a stronger. At last they agreed to have a trial of strength. "Here comes a traveler. Let us see who can strip him of his clock," said the Sun. The Wind agreed and chose to have the first turn. He blew in the hardest possible way. As a result, the traveler wrapped his cloak even more tightly around* him. Then it was the turn of the Sun. At first he shone very gently. So, the traveler loosened his cloak from his neck. The sun went on shining brighter and brighter. The traveler felt hot. Before long he took off his cloak and put it in his bag. The Wind had to accept his defeat.

**Moral: Kindness can be stronger than harshness.**

## ㈡寓言故事二：The big oak and the reeds

There was a big oak near a river. There were many reeds there, too. When the wind came, the big oak stood straight with its head up high to the sky. But the reeds lowered their heads in the wind. "Reeds, look at me. I am so big and I stand straight when the wind comes," said the oak. "But you are too small and weak. Even the smallest wind makes you lower your heads. If the big wind comes, what will you do?" "Do not worry about us," said the reeds. "The winds do not hurt us. We lower our heads before them, so we are all right." Just then, a big wind came. The oak stood and fought against the wind, but the reeds lowered their heads. The wind became bigger and bigger. The big oak fell and lay on the reeds, but the reeds were OK.

**Moral: Pride hath a fall.**

## ㈢寓言故事三：The bear and the bees

A bear came across a log where a swarm of bees had nested to make their honey. As he snooped around, a single little bee flew out of the log to protect the swarm. Knowing that the bear would eat all the honey, the little bee stung him sharply on the nose and flew back into the log. This flew the bear into an angry rage. He swatted at the log with his big claws, determined to destroy the nest of bees inside. This only alerted the bees and quick as a *wink, the entire swarm of bees flew out of the log and began to sting the bear from head to heel. The bear saved himself by running to and diving into the nearest pond.*

***Moral: It is better to bear a single injury in silence than to bring about a thousand by reacting in anger.***

## 三、英文原文翻譯與中文解釋

### ㈠北風與太陽

　　北風與太陽就誰更強大發生了爭吵。正當他們用炎熱和狂風爭吵時，有一位帶著斗篷的旅行者路道。「我們約定，」太陽說，「誰能把旅行者的斗篷摘去，誰就更強大。」「很好，」北風咆哮著，旅行者覺得一陣發冷。經過一陣狂風，斗篷翻飛，抽打著旅行者的身體。但他立刻把斗篷包裹得緊緊地，風吹得愈大，他包裹得愈緊。北風憤怒地吹著斗篷，但他所有的努力都是徒勞的。然後太陽開始發光。起初是溫柔的，經過北風的嚴寒，旅行者覺得很溫暖，他解開他的斗篷，讓它在他的肩膀鬆散地披掛著。太陽的光芒變得愈來愈熱。旅行者摘下帽子，擦去額頭的汗水。最後，他覺得太熱了，他脫下他的斗篷，並躲避著熾熱的陽光，藏在路邊的樹蔭下。

### ㈡橡樹與蘆葦

　　橡樹和蘆葦長期共同生活在一起，某一天，他們兩人想要比試一下誰的力量大。這時，一股狂風吹來，蘆葦為避免連根拔起，立即順著風勢把腰彎下；而橡樹依然迎著狂風挺拔壁立，結果，被暴風吹折了樹幹。橡樹被風刮斷了，看見蘆葦一點損傷也沒有，便問蘆葦說：「為什麼我們橡樹這麼粗壯、沉重，都被風刮斷了，而妳們蘆葦這麼纖細、軟弱，卻什麼事也沒有？」蘆葦回答說：「我們知道自己軟弱，順著風頭讓了路，因而避免被衝擊；但你們卻相信自己強大的力量，進行抵抗，所以被風刮斷了。」

## (三)熊與蜜蜂群

熊在樹林裡遊走，在一棵倒下的樹上搜尋漿果，一群蜜蜂在這顆樹上存儲他們的蜂蜜。熊開始在木頭周圍用鼻子嗅，非常仔細地尋找是否有蜜蜂。就在這時，一群蜜蜂從草叢裡飛出來，用尖銳的刺刺著熊，然後消失在樹叢的木頭裡。熊突然很生氣，用牙齒和爪子突然開始襲擊木頭，並且破壞了蜜蜂的蜂巢，但這卻引出了整個蜜蜂群飛奔而出，可憐的熊不得不逃走了，為了救自己，他只能潛入水池中。

# 四、賞析

## (一)北風與太陽

喜歡吹牛的人正如寓言中的北風。北風與太陽用兩種不同的方法來解決一個問題。喜歡吹牛的人認為，說服別人注意他的方式、協商出一個結果或贏得辯論的最好方式是完全殲滅對方的觀點，而不是試圖使其他人了解他的思維方式。他認為，如果他說話的聲音比別人大，說話的時間比別人長，他最終會贏。如果這是你的風格，那麼你可能已經取得了一些成功，而且成功比失敗的機率大。問題是你每次都用這種方法，鼓勵你以同樣的方式繼續與人們打交道。關於北風與太陽的寓言，讓我們明白：這種吵鬧的方法不一定是最好的方式。

### 1.寓意

溫柔的力量是北風和太陽鬥智的故事，他們要比一比，看誰能讓行人脫下外衣。北風使出了全力，卻無法讓行人脫下衣服；而太陽運用他的智慧，散發出光和熱，很快就使行人脫去一件又一件的衣服，故事的結局是：溫柔與善良的勸說（指太陽）容易取得勝利，而蠻力（指狂風）結果容易失敗。這篇故事提醒我們：聰明的人做事，是要靠智慧來取勝的。

## 2.反思

　　有多少人像北風一樣？我們知道，每個人都不願意與這種個性的人打交道。試圖用蠻力贏得爭論有時可能有效，但如果這是你最常使用的戰術，那麼人們會用自己的方式避免與你對抗，或盡可能繞開你。同時，使用說服和機智的人能贏得更好的結果，贏得更多的朋友，獲得成功。有些人可能會說：「等一下。這是不對的。」有人說：「我的經理是一個暴君，他的處事方式一直如此。」但是，他確實如此嗎？我們打賭，他不會這樣對待在他上面的頂頭上司，或是說我們保證他在家不會如此。如果他這樣做，他的職業生涯或婚姻將是短暫的，再加上這種行為是不能持久的；如果你的上司或經理的行為也是如此，在他左右的工作夥伴就會心生報怨或甚至離職。無論採用哪種方式，他都不可能一直如此。如果你不幸遇上了一位性格暴躁的老闆，請記住太陽和北風的故事，用溫柔、耐心和風度對待他的蠻力。

## ㈡橡樹與蘆葦

　　人們給橡樹寓言予以新名，即橡樹與蘆葦，暗指不會做出絲毫妥協的人，這對太驕傲以至不願做出一點讓步的人給了一個警告。我們知道你會在某個時間點遇到不會做出絲毫妥協的人，如在會議、規劃會議，陪審團履行職責時等。他／她非常自我，要他／她向對方讓步，就像是暴露自己看不見的弱點。關於橡樹與蘆葦故事的寓意，讓我們明白：妥協比抵死不從更有力。

## 1.寓意

　　笨拙的抵制比頑抗和被銷毀更好。

## 2.反思

　　蘆葦代表那些願意共同努力、靈活的並做出妥協的人。那些像橡樹

一樣的人有時（甚至大部分時間）可能會通過自己的實力贏得勝利，但總有一天，當你的實力不再發揮作用時，你最終會徹底失敗。然而，柔軟的蘆葦，在逆勢中，會度過這種情況，而且可能會更加老練。

### (三)熊與蜜蜂

在熊與蜜蜂的故事中，熊代表脾氣暴躁的人，他有時很聰明，會讓你閉嘴。人們有時會與這樣的人人打交道，這樣的人不管對與錯，都會發脾氣，向聆聽（或禁不住聆聽的人）的任何人挑起麻煩。這可能並不普遍，但工作場所暴力事件很嚴重，筆者在過去工作中遇到過幾個這樣的人。如果他們被任何理由譴責，或者如果主管與他們的意見不一致，他們就會衝出辦公室，並立即開始計畫要報復。就像我們在熊和蜜蜂的故事中看到的：復仇通常會造成事與願違。

### 1.寓意

默默地承受單次傷害，比突然憤怒挑起多次傷害要明智許多。

### 2.反思

日常工作中，總會遇到性格不同的主管和同事，每個人都有自己性格特點和行為方式，工作中也都有自己的方式方法，這不足為奇。在職場中，我們難免會遇到一些脾氣暴躁的人，與這種性情中人相處的時候，一定要保持冷靜，不要被對方遷怒。否則，兩人勢必會爭吵起來，鬧得不歡而散，影響自己的人際關係。如果工作中，遇到一位脾氣暴躁、易發怒的主管，提醒你：

　　⑴主管負責的全域工作，事情多、壓力大、影響面廣，也就是說，主管的日常工作往往處於極大的壓力之下，這樣的情況下出現這樣的性格，是可以理解的。

　　⑵主管或許對下屬的工作有不滿情緒，應當反思自己在工作中是不

是還有什麼做得不夠的地方，並與同事交流，如果確有，即加以積極補救。

⑶在合適的情況下，可以委婉地跟主管反映這方面感受，畢竟溝通才是根本。

⑷加強溝通。主管暴躁的脾氣可能源於工作之外的某些事，大家在一起工作，既是同事，更是朋友，理應相互關心，通過交流和溝通，更有利於創造和諧的氛圍。

　　如果你遇到一位脾氣暴躁、易發怒的同事，對於他們反覆無常的情緒，我們一定要學會控制自己的情緒。因為如果對方發脾氣，而我們保持冷靜，那麼對方的壞脾氣不可能持續太久；如果對方發脾氣，我們也發脾氣，那麼結果就會導致兩人爭吵起來。俗話說：「老虎相鬥，必有一傷。」因此，為了不讓自己受傷，也為了不讓自己的人際關係受傷，我們應該學會冷靜，學會與脾氣暴躁的人相處。當別人發脾氣的時候，我們有必要避開，或者在看他快要發作時及時剎車，以下幾個建議，值得借鏡：

⑴保持冷靜，避免爭吵。

　　只要是爭吵，一般都會造成一定的傷害，因為爭吵的時候情緒激動、言語過激，很容易說出不中聽的話。所以，在對方發脾氣的時候，你要克制自己的情緒，給對方留個面子。因為脾氣暴躁的人通常自尊心很強，即使他知道自己不對，也不肯在眾目睽睽下向你道歉。

⑵充分理解，自我反思。

　　每個人都有發脾氣的時候，因此我們首先要理解對方，其次我們要思考一下，對方發脾氣到底是針對你還是針對別人？如果是針對你的，你就要反思自己的行為，看看在哪些地方做得不

太讓他滿意；如果不是針對你的，那麼你就更沒必要生氣了，你可以選擇「冷處理」，禮貌地說一聲「再見」，然後就轉身走開。

(3)寬容一點，不往心裡去。

對於別人的壞脾氣或是發脾氣時說得不好聽的話，你不必計較，一笑置之就可以了。因為你愈是不與之計較，事後對方冷靜下來後，就愈容易反思自己的過錯，甚至會對你產生歉意。如果你耿耿於懷，對方很可能不但不承認錯誤，還會與你對抗到底。

(4)事後解釋，加強溝通。

如果你對他比較了解的話，當他急躁的時候，你要保持好心態，不要被他的情緒干擾了。你可以這樣告訴自己：「他就是這樣的人，他是對事不對人。」總之，在當時不能和他當真，否則只是火上加油，本來不會影響到你們的關係，搞到最後卻把你們的關係搞僵了，那可是很不划算的。等事後他冷靜下來，你再找機會與之溝通，把之前發生的事情解釋一下，這樣有助於消除誤會、融洽關係。

## 五、習作

1. 請分享你與上述的三種個性的人相處之經驗。

2. 請找出另外的八個伊索寓言英文原文故事，並且將這八個故事翻譯成中文，以自己的個人生活體驗或人生經驗來解釋這八個故事的人生寓意。

# 西洋文學與人生㈡
## 伊索寓言故事中的理財智慧

周晏安

## 一、導言

　　人生就像寓言，重要的不是它的長短，而是它的內容；寓言也好似人生，簡單平實中卻有觸動人心靈的一刻。在紛繁生活中，我們苦苦追尋人生的智慧，但卻常常忘了，智慧就蘊藏在那些最純真樸實卻又最永恆經典的文字——寓言裡。寓言就像是一座獨特的橋梁，通過它，可以從複雜走向簡單，又可以從單純走向豐富，在這座橋梁上來回走幾遍，我們既看見了五光十色的生活現象，又發現了生活的內在意義。寓言很美，美在簡潔，美在內涵，美在語句。

　　伊索一生撰寫了數百個寓言，每一個簡短的故事都有寓意。最特別的是，伊索寓言故事裡大多數的角色，都是有「類人類」行為的動物。再來，伊索寓言故事的背後，並沒有太過艱深或是隱藏深奧涵義，每個故事的寓意其實不難理解，而且常被人們做為生活經驗的教訓。其實兩千六百年前，伊索並不純然是為孩子們撰寫這些寓言故事，而是為了所有人。年輕人和老年人、富人與窮人、男人和女人只要閱讀一個寓言，就可以從中獲益匪淺，寓言的寓意可以應用到我們的許多生活領域，也可以感受到生活的真諦，領略到生活的智慧。

　　談到理財，任何人都需要像管理自己的事業一樣，管理好自己的財富，因為管理好自己的錢，錢也會照顧好你。伊索寓言當中有一些故事是談到個人理財，到底我們要如何應用這些寓意處理個人理財？哪一個

故事的寓意可以應用於你生活上或是哪些其他領域？小寓言，大智慧；小視角，大境界。以下是和個人理財有關四個伊索寓言，故事中將會傳授你理財和致富小祕密。

## 二、伊索寓言範文

### (一)寓言故事一：The ants and the grasshopper

*The ants were spending a fine winter's day drying grain collected in the summertime. A Grasshopper, perishing with famine, passed by and earnestly begged for a little food. The Ants inquired of him, "Why did you not treasure up food during the summer?" He replied, "I had not leisure enough. I passed the days in singing."They then said in derision: "If you were foolish enough to sing all the summer, you must dance supperless to bed in the winter."*

**Moral: It is thrifty to prepare today for the wants of tomorrow**

### (二)寓言故事二：The goose with the golden eggs

*One morning a countryman went to his goose's nest, and saw a yellow and glittering egg there. He took the egg home. To his delight, he found that it was an egg of pure gold. Every morning the same thing occurred, and he soon became rich by selling his eggs. The countryman became more and more greedy. He wanted to get all the gold at once, so he killed the goose, when he looked inside, he found nothing in its body.*

### (三)寓言故事三：The tortoise and the hare

*A hare one day made himself merry over the slow pace of the tortoise, vainly boasting of his own great speed in running. The tortoise smiled at* the hare and replied, *"Let us try a race. We shall run from here to the pond and the fox out yonder shall be the judge."* The hare agreed and away they started together. True to his boasting the hare was out of sight in a moment. The tortoise jogged along with a slow, steady pace, straight towards end of the course. Full of sport, the hare first outran the tortoise, and then intentionally fell behind chuckling at the tortoise all the while. Having come nearly to the goal, the hare began to nibble at the young plants. After a while, the day being warm, he lay down for a nap, saying: *"The tortoise is behind me now. If he should go by, I can easily enough catch up."* When the hare awoke, the tortoise was not in sight. Running as fast as he could, the hare found the fox congratulating the tortoise at the finish line.

## ㈣寓言故事四：The miser and his gold

*Once upon a time, there was a miser. He hid his gold under a tree. Every week he used to dig it up. One night a robber stole all the gold. When the miser came again, he found nothing but an empty hole. He was surprised, and then burst into tears. All the neighbors gathered around him. He told them how he used to come and visit his gold. "Did you ever take any of it out?" asked one of them. "No," he said, "I only came to look at it." "Then come again and look at the hole," said the neighbor, "it will be the same as looking at the gold."*

# 三、英文原文翻譯

## ㈠螞蟻和蚱蜢

螞蟻用夏季蒐集的乾糧度過了冬季。蚱蜢通過乞求獲得一點食物，最終因

饑餓而死亡。螞蟻問他：「你為什麼不在夏季蒐集食物？」他回答說：「我的時間不夠，我在歌唱裡度過了夏季。」然後，他們嘲笑著說：「如果你愚蠢地唱了整個夏季，你一定能在冬季不吃晚餐，跳著舞睡覺。」

## (二)農夫和下金蛋的鵝

　　某天早上，有位農夫去到他的鵝舍，看見了一顆黃澄澄亮晶晶的蛋，然後他就把這顆蛋帶回家，正高興的時候，他發現到這竟是顆純金的蛋，之後每天早上都會出現一模一樣的一顆金子蛋。他因為賣了這些金蛋，很快地變成有錢人。但是這個農夫卻越來越貪心，他想要馬上得到所有的金蛋，所以他就將鵝給殺了，但是當他往鵝的肚子裡看，他發現鵝的肚子裡完全沒有半點東西。

## (三)龜兔賽跑

　　有一天，一隻野兔嘲笑烏龜的腳短而且步伐緩慢，烏龜笑道：「雖然你跑得快，但我會在比賽中擊敗你。」這隻野兔認為這根本不可能，並接受了烏龜的建議；他們約定，讓狐狸選擇路線和目的地。比賽開始了。烏龜一刻也沒有停息，以緩慢但穩定的步伐到達了終點。而這隻野兔躺在路邊，很快就睡著了。當他最後醒來時，他全速奔跑著，當他到達終點時，卻發現烏龜已經到達了終點，而且正在舒適地打瞌睡。緩慢而穩定的步伐贏得比賽。

## (四)守財奴和他的金子

　　守財奴賣掉了所有的東西，買了一大堆金子，他在舊牆的一側挖了個洞，把金子埋在裡面，每天都去看。他的一個工人發現他常常去看一個地方，就決定看看他在幹什麼。工人很快就發現了寶藏的祕密，挖出了金子，並偷走了。當守財奴下次去看時，他發現洞空了，就開始撕他的頭髮，大聲悲歎。一位鄰居知道了他的遭遇，並從中找出了原因，安慰他說：「請你不要悲傷，拿一塊石頭放在洞裡，假想金子仍在那裡，並沒有不見，這樣你就不會傷心；當作金子還在那裡，沒有兩樣，因為你根本都完全沒有用過它們啊。」

# 四、賞析

## ㈠螞蟻和蚱蜢

1. 寓意：未雨綢繆。

2. 個人理財教訓：相信很多人都曾經聽過這樣的說法：一般大學剛畢業的社會新鮮人，月薪約平均在兩萬四左右，以3%薪資成長率估算，如能每月強迫儲蓄壹萬元（40%），挑選投資報酬率在8%左右的金融商品長期投資，那麼在六年後就可以擁有人生第一個一百萬元，也就是俗稱的第一桶金。如將這筆資金放在銀行定存，以目前1.8%不到的低利率來說，則需要七年的時間。

　上面所提到的理財法是一天儲蓄一點的「螞蟻存錢法」，接下來要說的是「蚱蜢月光族」，這個指的是時下年輕人把每個月所賺的錢都花光光，他們的原因多半是因為青睞名牌、或是太過愛慕虛榮，甚至是炫富的心理，有些甚至是先享受後付款的享樂主義，常常每個月把信用卡都刷爆了，連最低繳款金額都付不出來，結果是一身卡債。

## ㈡農夫和下金蛋的鵝

1. 寓意：有蛋才有鴨或是有鴨才有蛋？

2. 個人理財教訓：為什麼有些人在工作五到六年內賺進人生的第一桶金，而有些人則成為月光族，「你賺的一塊錢不是你的一塊錢，你存的一塊錢才是你的一塊錢」，這句話是來自台灣最有錢的人王永慶先生，故事中所說的鵝代表示你賺的一塊錢，蛋，指的是你存的一塊錢。如果把蛋都拿去賣（意指：沒有儲蓄到半毛錢），甚至連每個月的你養的鵝都殺了（意指：你每

個月賺的錢都花光光），在這種情況之下，當然永遠都存不了你的一桶金。儲蓄是理財的根本，俗話說「你不理財，財不理你」，對你的「鵝」要有良好的規劃和正確的理財習慣，聽過「三分法理財」方式嗎？就是生活開銷費、儲蓄、投資各占三分之一，就不會成為月光族的一份子了。

### ㈢龜兔賽跑

1. 寓意：緩慢而穩定的步伐，才能贏得佳績。

2. 個人理財教訓：「君子愛財，取之有道」，當我們擁有了錢財之後，通常我們會將賺取的錢財，做有效合理的分配，其中一分大都會儲存起來，絕不會今天賺多少就花多少。即使賺得少，也要量入為出。我們累積財富的目的，是為了明天比今天好，明年比今年好。今天的成果來自於昨日的播種，為了使明天會更好，今天的努力是不可少的。

　　但是，現代社會上充斥教你如何花錢的訊息，卻很少人不受干擾，請記得：「花錢比賺錢慢才能致富」。「欲望少一點」是減少衝動消費最好的方法，要實現的第一步就是「清心寡欲」，要常常告訴自己「簡單生活也是一種享受」，舉例來說，本來想買十幾樣東西，想久了，最後可能只會買三、四樣，錢不就省下來了；或是催眠自己：「沒有它，就會世界末日嗎？」請記得：你絕對不會一夜致富，除非你慢慢花錢，加上花少少的錢。

　　最近演出擠牙膏的當紅廣告明星「全聯先生」，電視前口條緩慢的搞笑演出和他私下的本尊用錢的哲學一樣，就是「慢到最高點」，他買東西的哲學是「寧可錯過，絕不買貴，逢低買

進」。舉例來說，聽說他絕不輕易做出買下東西的決定，而且是絕對不買剛出爐或是最新出廠的產品，至少要等到三年後，除非已經是最低的市價，否則絕對不買；但是他要買之前一定還會再貨比三家，這就是他「慢到最高點」的三部曲。

## ㈣守財奴和他的金子

1. 寓意：財富閒置還不如不存在。

2. 個人理財教訓：個人理財並不是說積累最多的錢，個人理財更多的是說你以最有效的方式把你的錢用在最有用之處。守財奴最大的悲哀，是他守著一堆死東西；金子是要拿來使用，才能發揮它的價值，假如只是放著，和石頭並沒有什麼差別。我們周遭的許多資源不也是如此？從效益的觀點看，東西不怕買得貴，怕的是買了之後不去用。所謂的「理財」，就是「有效運用各項資源，以達到守住最高錢財目標」，這就是所謂的：錢要用在刀口上。家庭主婦在難為無米之炊之下，自然而然，在有限可支配金錢做最佳的使用與分配，打個比方：花五毛錢就可以買到的東西，何必花一塊錢呢？

「錢要花在刀口上」，另外的意思就是：不要浪費。把每一分錢都要用到需要的地方，並妥善使用。大家應該聽過臺灣民間的習俗，錢要分四份：一份用來養活家庭、日用開支，一份則是儲蓄，再一份繼續發展外快或額外的事業，最後的一份則是奉獻或是做善事。

## 五、習作

1. 請找出另外的八個伊索寓言英文原文故事，並且將這八個故事翻譯成中文，並以自己的個人生活體驗或人生經驗，來解釋這八個故事的人生寓意。

# 西洋文學與人生㈢
## 古希臘的三大悲劇與人生哲理

王大延、王銘鋒

## 一、導言

　　古希臘位於南歐巴爾幹半島，濱臨愛琴海涵括許多海島山。島嶼多山，平原面積狹小，交通不便，靠著海上經商開闢殖民地求生存。希臘境內風景優美，氣候溫和，夏無酷暑，山峰連翠，綠茵平舖，加上海面遼闊，自然條件優雅，孕育古希臘人熱情奔放、自由，富於想像力，追求生命的價值，崇尚智慧與民族文化。個人思想成為萬物的尺度，肇造了古希臘文學戲劇以及藝術登　造極，留傳後世，成為人類珍視的遺傳。

　　古希臘的戲劇題材，大部份來位於希臘神話故事及曠世巨作史詩，伊利亞得與奧德賽。盲人作家荷馬及許多創作者將此二本史詩一起將古今人們帶入充滿曲折、震撼與絕響的故事中，描繪著天神之間的爭奪而導致特洛伊戰爭，木馬屠城記以及奧德賽迷航記。荷馬的史詩在於歌頌希臘民族的智慧，光榮的史跡，詠嘆著理性、合諧、勇敢、堅忍、勤奮、無私、信實等美德。但是也不斷揮毫著宿命論的色彩，人與人的衝突，猶如神與神之間的抗爭，而人類對於神諭是無法去悖離的，人終歸要服膺於神替人類安排之下的命運。

　　西元前五世紀，古希臘在經歷了馬拉松戰役，打敗波斯之後，經濟與經濟安定，欣欣向榮，迎接新的時代的來臨是文化的蓬勃發展，亦即希臘文學黃金時代。文學的最高境界是戲劇，需要公演，需要比賽，

才能激勵出更傑出的劇作。古希臘悲劇公演源於祭祀酒神戴奧尼索斯
（Dionysus）的慶典活動，每年三、四月間，為紀念及迎接戴恩尼修斯
帶給人類福祉。傳說中戴恩尼修斯是宙斯之子，帶給人類物產豐饒，滋
養萬物的恩澤。戴神曾經被殺又復活，象徵植物農作經歷成長，死亡後
再生，具有宗教意味又與四季之運行有關，春耕、夏作，秋收成熟，與
冬季衰亡，四時更迭，週期循環生生不息，與文學、藝術、生活與戲劇
產生了密切關係。三大悲劇均是當時公演精湛之作，迄今仍為與世人津
津樂道。慶祝祭典接連好幾天，最具代表性的活動即是舉行悲劇劇作比
賽，在紀元前500年至400年之間上演千餘齣名悲劇，至今只剩下31部作
品。而在這古希臘歷史上，誕生了著名的三大悲劇詩人，他們見證了
古希臘悲劇藝術的興起、繁榮與衰落」，他們是埃斯奇羅斯（Aeschy-
lus），代表作為《亞格曼儂》（Agamemnon）。第二位是索福克里斯
（Sophocles），代表作為《伊底帕斯王》（Oedipus the King）。第三
位是尤里披底斯（Euripides），代表作為《米蒂亞》（Medea）。在這
裡藉由三位偉大的希臘悲劇作家的代表作品，所處理的人與命運之間的
關連與主角乖舛的際遇的賞析與解釋，來說明古希臘悲劇所啟發的人生
哲理。

　　這三位作家的代表劇作，每一齣戲都充滿曲折懸疑，更令人蕩氣迴
腸，令觀眾久久不能自己。埃斯奇羅斯又被稱為「悲劇之父」，可見其
地位至高榮譽一斑。索氏被譽為「戲劇藝術的荷馬」，而尤氏又被稱為
「心理劇的鼻祖」。古希臘戲劇在室外演出。地點在雅典城南酒神神殿
附近的山坡露天場地，或稱戴奧尼索斯劇場。觀眾坐在山坡觀賞，山坡
成為觀眾席，座位大約12000個，半圓弧圓心附近低平之處即為舞台，
是演員演出的場域，又稱為景屋。旁邊有一座小屋供演員休息、化妝，
更換服飾、面具之場所，為融合劇情發展，往往在小屋外面彩繪佈置，

成了後來劇院設置佈景之濫觴。

## 二、範文

### (一)《亞格曼儂》

　　此悲劇主要描述在特洛伊戰爭（Trojan War）後，阿特瑞斯（Atreus）家族的亞格曼儂王（Agamemnon）帶著勝利的旗幟和他的愛妾卡珊卓（Cassandra）回到他位於阿果斯（Argos）的王宮。可惜他並不知道由於他在戰爭前的一些錯誤行為，已導致他不可挽回的悲劇。亞格曼儂領希臘大軍要出發遠征特洛伊的出發前，大海呼嘯，驚濤駭浪，為了要平息海神震怒，亞格曼儂殘酷地以親生女兒伊菲珍妮亞（Iphigenia）做為祭獻，活生生將她拋入海中。此舉已引起了眾神的反感。而在王宮中，他的太太克莉提那絲塔（Clytemnestra）也已經與他的堂兄弟艾吉斯塔斯（Aegisthus）有了姦情。

　　當亞格曼儂凱旋歸來後，他的妻子及眾長老都上前迎接，克莉提那絲塔表面上歡迎他歸來並表達她對他的思念與別離之苦，接著又陪著亞格曼儂步過華麗的深紅色地毯進入王宮。當亞格曼儂凱旋歸來後，他的妻子及眾長老都上前迎接，克莉提那絲塔表面上歡迎他歸來並表達她對他的思念與別離之苦，接著又陪著亞格曼儂步過華麗的深紅色地毯而進入王宮，但私底下卻包藏禍心，已準備與情夫密謀殺夫。隨後，她也命令亞格曼儂所擄來的阿波羅女祭司卡珊卓跟隨進宮。關於卡珊卓在這裡須提一下，她本是阿波羅所揀選的女祭師，因深受阿波羅喜愛，而使得阿波羅對她追求，甚至給了她預言的能力當禮物，無奈卡珊卓無情地拒絕了他的愛。阿波羅在傷心之餘，因為眾神無法收回給出的禮物，於是他就讓她的預言無人相信來作為報復。不過，卡珊卓在一進宮之後，卻

大動作地預言亞格曼儂的宮中將會發生的一連串的慘劇；也就是亞格曼儂和她將會被克莉提那絲塔與艾吉斯塔斯殺害，而未來亞格曼儂的兒子奧瑞斯提斯（Orestes）則會為父報仇。可惜的是她的預言卻是沒有任何人相信。在說完此預言後，她還是無奈地步入了亞格曼儂的王宮，接受她死亡的命運。

　　而後不久，眾人們便聽到從宮裡傳來的慘叫聲。當門打開時，亞格曼儂已成為一具屍體，卡珊卓也已死於他的身旁。此時，克莉提那絲塔現身解釋，說明自己的殺夫行為她是為了幫死去的女兒伊菲珍妮亞報仇，艾吉斯塔斯跟　也出面說明他與亞格曼儂的深仇大恨。在亞格曼儂死後，是由他來統治阿果斯。但是，亞格曼儂的兒子奧瑞斯提斯多年後，又與姐妹合謀，殺死了母親，為父親報仇。這些後續情節也構成了埃斯奇羅斯後續的三連劇(trilogy)的劇情架構。

## ㈡《伊底帕斯王》

　　伊底帕斯（Oedipus）在希臘神話裡，是遭受命運擺布的悲劇人物。他是底比斯國王賴亞斯（Laius）之子，生下之後，賴亞斯國王到太陽神阿波羅的神殿求神諭，神諭上預言這小孩長大後會弒父娶母。這使得國王非常畏懼與緊張，於是以鐵線綁其雙腳（此舉導致他長大後跛腳，希臘文Oedipus即有之義），並令一牧羊人棄之於荒山野嶺，讓他死去。但此牧羊人看著無辜的嬰孩，卻起了憐憫之心，最後心軟而不忍讓小孩死去，而秘密地將伊底帕斯交給鄰國的牧羊人。之後，此嬰兒再被送給無子的哥林斯（Corinth）的國王伯理布斯（Polypus）撫養。於是伊底帕斯就在哥林斯的宮中長大，從未懷疑自己的身世。

　　在一次的宮中宴會中，有人不經意的說出他不是國王夫婦親生的兒子。這使得伊底帕斯非常地困擾，每次問及國王，國王總是支吾其詞。

伊底帕斯對自己身世之謎所帶來的痛苦，日益加深，於是他決定前往太陽神殿求援，目的是確定自己的身分及親生父母。然而，神諭沒有解決他的疑惑，卻告訴他另一個可怕的消息，他會弒父娶母。於是伊底帕斯決定離開哥林斯這個他從小生長的地方，在前往底比斯的途中，他遇上一群人，且他們護著一位看似高貴人士的長者徐徐前進（也就是底比斯國王賴亞斯），由於路窄無法同時通過，雙方互不相讓而發生爭執，伊底帕斯在暴怒之下，失手打死了包括長者的這些人。他並不曉得他已在不知情的情況下，殺了他的父親。

之後，伊底帕斯繼續趕路，在快到底比斯城的三叉路口上，遇見一隻人面獅身的怪物，名叫史芬克斯（Sphinx）。此怪物總是喜歡出謎語讓路過的人猜，猜中者讓其過路，猜不中者則將其撕裂吞食，於是整個底比斯城陷入死亡威脅的恐懼之中。伊底帕斯勇敢地接受了怪物謎語的挑戰，史芬克斯問他：「什麼動物早上四隻腿走路，中午二隻腿走路，晚上三隻腿走路？」伊底帕斯回答是「人」，因為人在嬰兒時期，四肢在地上爬行，到了壯年，以兩條腿走路，到了晚年，則拿著拐杖而行。怪物見謎語已被伊底帕斯答出，羞怒以致自殺而死。

底比斯人認為怪物盤據的大害已除，便視伊底帕斯為英雄。此時王后之兄克里昂（Creon）代掌國政，認為有人能為國除害，可娶王后亦即賴亞斯的妻子約卡絲姐（Jocasta）為妻。在這種情況下，伊底帕斯又在不知情的狀況下，與自己的生母結婚，也因此應驗了第二道神諭。而伊底帕斯卻一步步走入神所安排的命運而無法擺脫與自拔。婚後十五年期間，他與約卡絲姐生下多名子女，然而，他勤政愛民，並使得底比斯城國泰民安。直到有一天，突然降臨了一個大災難，亦即是造成眾多人死亡的瘟疫。

伊底帕斯不忍他的子民受苦，於是派人前往阿波羅神廟再次求取

神論，以化解底比斯的災厄。阿波羅的神論說只要找出殺死老國王的兇手，給予懲罰，並逐出底比斯，災厄即可解除。伊底帕斯追查事情的原委，也請求盲人先知泰瑞希爾斯（Teiresias）來協助告知兇手，而泰瑞希爾斯最後在不得已的情況下，對伊底帕斯王直言他自己就是殺老國王，亦即他親身父親的真兇，也是娶母的逆子時，伊底帕斯卻又無法置信此事實，並怒斥泰瑞希爾斯胡說八道，還差點讓自己下不了臺。但是，最後在牧羊人的指證下，證明底比斯的王后，也就他的妻子，其實正是他的母親。約卡絲妲知道真相後，便羞愧自殺而亡。伊底帕斯自覺罪孽深重，遂自刺雙眼，隨後並自我放逐，遠離底比斯。

## (三)《米蒂亞》

傑森（Jason）王子和阿果（Argo）號的船員出發航海尋找金羊毛的途中，來到了柯爾奇斯（Colchis）王國，國王的女兒米蒂亞公主幫助傑森，因為她是一位精通法術的女子。柯爾奇斯國王告訴傑森說，除非證明他們是一群勇敢的人，不然是得不到金羊毛的。國王要他們經過龍牙族的國土，戰勝火龍人及公牛才行。因此，就有人建議傑森得到米蒂亞公主的幫助。事實上，這是一件不難辦到的事，因為希拉（Hera）已經要邱比特（Cupid）用箭去射米蒂亞。傑森為了要順利得到金羊毛，於是開始追求米蒂亞，而米蒂亞也因為中了愛神的箭，而無法自拔地愛著傑森。她告訴傑森說，用她神奇的藥膏可以使自己在一天內不會受傷。若經過龍牙族的國土時，只要丟一顆小石子，即可使火龍人自相殘殺，直到讓他們片甲不留。而傑森為了感激她，也給了她會永遠廝守在一起的承諾。

不過，當傑森完成任務後，柯爾奇斯的國王卻很不高興，因為他不甘心把珍貴的金羊毛拱手讓給他人，而從傑森手中奪回金羊毛。更甚

者，他決定殺了傑森與阿果號的船員們。當米蒂亞知道這件事之後，決心與心愛的傑森同進退並與其私奔。她告訴傑森說，金羊毛她會負責幫他拿到手，並請他們立刻上了阿果號出發，盡速離開科爾奇斯。後來，傑森與米蒂亞重逢並順利地從米蒂亞手中拿回了金羊毛。國王於是派米蒂亞的哥哥去追他們，結果卻被米蒂亞用法術給殺了。

　　然而，米蒂亞的結局卻不如她所預期，因為他心愛的傑森最後竟然拋棄了她。米蒂亞背棄了自己的國家與家人，跟著傑森遠走他鄉，還幫他生了兩個兒子。最後她還發現傑遜是個有野心的人，他打算和哥林斯（Corinth）王的女兒結婚，且打著未來當上國王的如意算盤。當米蒂亞公主知道他移情別戀之後，非常傷心且痛苦，以致說出了要加害哥林斯公主的不平憤恨之語。狠心的傑森於是命她帶著他們所生的子女離開此國度，所以，她又再次被放逐了。米蒂亞公主開始回想起她過去的一切，發現這都是她過度愛戀傑森而無法自拔所導致，而如今的傑森卻像是陌生人一般。傑森還告訴米蒂亞說，他已盡可能地為她說好話與留後路。如今，他能做的就是帶著金銀珠寶給她，要她去別的國度好好生活。可是，米蒂亞卻認為傑森是個忘恩負義的傢伙，她為了他，不惜赴湯蹈火，如今卻是落得被他拋棄的下場。而傑森卻向她提到說，這一切是她自己惹的禍，是他把她從野蠻的國度解救出來，她應該感激他才對。於是，米蒂亞在憤怒之餘，決定要報復傑森這個負心漢。她有骨氣的謝絕了他的黃金後，忿然離去。

　　滿腹委屈而懷恨在心的米蒂亞，要自己的兒子拿一件沾過毒藥的華麗衣裳送給傑森的新娘子，要她馬上穿上，以表示接受她的祝福，而新娘子不疑有詐，穿上之後卻一命呼嗚了。接著她想到，她的兒子會因為她的事而被當成罪犯，做別人家一輩子的奴隸時，便決定親手殺掉自己的兩個兒子，因為她深信兒子死在別人手裡，倒不如死在自己母親的

手裡的好。接著，她殺了她的兩個兒子。最後，她的太陽神祖父希利歐（Helios）駕著馬車帶她騰空離去。

## 三、解釋

　　《亞格曼儂》是上古希臘的殺夫劇，一連串的父親殺女兒，妻子殺丈夫以及兒子殺母親有如家族受到詛咒的情節，構成了西洋文學史上，一部描寫家族世仇與人神正義的作品。是素有「希臘悲劇中的神曲」之美譽的《奧瑞斯提亞》三部曲的第一齣，氣勢恢宏而意境深遠，是有助於了解西方戲曲發展與探討人類社會進化與神學演變的作品。在後續的《奠酒人》，家變的母題發展成母子之間血緣與血仇的衝突，導致弒母逆倫的慘劇；在最後的《和善女神》，家族世仇的紛擾從人間倫理蔓延到神界，原本追逐奧瑞斯提斯的復仇三女神，被其為父復仇與對不守婦道的母親懲罰的正義伸張決心所軟化，而轉變成和善女神。此劇也是天人交戰以及探討正義為何的古希臘戲劇佳作。

　　《伊底帕斯王》對後世最大的影響，莫過於心理暨精神分析大師佛洛伊德引用了此希臘悲劇的典故，來闡釋所謂的「伊底帕斯」（亦即戀母）情結（Oedipus Complex）的精神分析用語；佛洛伊德認為男性天生具有親近母親並將父親視為敵人的欲望，也就是戀母情結（即伊底帕斯情結），女性天生具有親近父親並將母親視為敵人的欲望，亦即戀父情結（又叫厄勒克特拉情結）（Electra Complex），是兒童正常心理發展過程中的一個關鍵階段。這兩個詞彙都是源出於有關希臘底比斯英雄伊底帕斯的傳說。

　　當底比斯城被瘟疫所苦，因應神諭而必須找出殺害老國王的兇手時，人們因為伊底帕斯曾剷除人面獅身怪物，而相信他智慧過人，是城邦人民的救主。但隨著真相大白，伊底帕斯王頓時成了弒父娶母的可怕

罪人。但他追查兇手，是為了拯救城邦逃離瘟疫之苦，若沒有他過人的毅力與智慧，怎可能將幾十年前的舊案查得水落石出？若是他沒有深重的道德與責任感，又如何會對自己施以那樣嚴厲的懲罰？對他來說，這固然是人生的無奈，但我們也同時在他身上看見了人性的尊嚴與偉大。命運固然剝奪他所擁有的一切，卻也無法動搖他對生命的珍惜，以及也顯現了他的尊嚴，以及人性最美好的光輝。

　　在《米蒂亞》劇本中，透露了不少女性意識抬頭的線索。米蒂亞是個非常聰明且不擇手段的美女公主。在當時的希臘文化來說，只有希臘本地的女人才是正宮，也就是說身為外邦公主的米蒂亞，即便她是傑森的第一任老婆，在傑森娶了柯里昂（Kreon）國王的女兒後，也會自動被降級為妾。同樣是公主的米蒂亞當然不願如此，更何況原先就不願傑森再娶了，哪裡會接受被降級？更悲慘的是因為柯里昂王忌憚米蒂亞的聰明才智以及可怕的復仇之心，而將米蒂亞放逐。而傑森對米蒂亞的惡劣態度，引燃了米蒂亞的復仇之火。然而最後一幕，當米蒂亞的太陽神祖父希利歐駕著馬車帶她騰空離去之時，卻也讓觀眾覺得結局有點令人迷惘與不知所措，因為正義似乎沒有得到伸張；殺人的米蒂亞與負心漢傑森好像都沒有得到該有的報應。只用了太陽神接走米蒂亞的「機械神」（dues ex machina）之舞臺效果來結束該劇，留給觀眾無盡的想像空間。

## 四、賞析

　　古希臘的悲劇，許多都是命運悲劇。在《亞格曼儂》中，亞格曼儂家族似乎逃不過命運的操弄。從亞格曼儂因為讓女兒喪命，而遭致被妻子與情夫聯手謀害，而後，妻子又被他的兒子奧瑞斯提斯所弒，而被憤怒的復仇三女神（The Furies）所追趕。此種以一報還一報的惡性因果

循環，終於在奧瑞斯提斯請求阿波羅以及雅典娜女神的協助與諒解的情況下，而得到復仇三女神的赦免。這說明了人類的命運似乎仍是在冥冥之中已被安排好的命運枷鎖所掌握，到最後仍必須以天理，來讓世人紛爭的正義得以伸張。

在《伊底帕斯王》當中，由於伊底帕斯王的性格雖然急躁，而使得他在路上會因為一點小爭執卻殺了擋路的老人，也就是他未曾見過面的生父。但是一切事情的最根源，還是在神對其命運的捉弄。阿波羅的神諭說他將會弒父娶母，這儼然成了他逃避不掉的命運。然而不管是老國王賴亞斯還是伊底帕斯，兩者都想要掙脫這個命運，結果到最後，終究還是擺脫不了神諭所告知的宿命。《伊底帕斯王》的故事所帶給我們省思的人生哲理的問題，在於人到底是否有自由意志（free will）來擺脫厄運的糾纏，就如同伊底帕斯王，如果不是因為他打破沙鍋問到底的個性缺陷，難道就可避免後面的悲慘命運嗎？還是說伊底帕斯是個只能接受命運擺弄的玩偶，到最後，終究無法擺脫悲慘命運的宿命呢？關於對此問題的探討有助於我們瞭解人生的際遇與命運的本質與哲理。

在《米蒂亞》中，米蒂亞許多的獨白可看出因為自身的坎坷人生而產生的憤怒與怨恨，可視為女性自我意識開始抬頭，而唱詩班（Chorus）因為傑森的忘恩負義和惡劣的態度所唱出為米蒂亞抱不平的旁白，則代表社會大眾開始對女性人權的重視。從這些點可以感受到作者尤里披底斯藉由這些角色為當時希臘社會對女人的不公抱不平，而身為太陽神希利歐的孫女，擁有高貴身分的米蒂亞就自然而然的成為了女性意識覺醒的代言人了。

# 五、習作

請與同學討論並撰寫下列的問題：

1. 希臘三大悲劇中的三位悲劇的角色（亞格曼儂、伊底帕斯與米蒂亞），你最（不）同情誰的遭遇？為什麼？

2. 請描述古希臘三大悲劇中，主角與命運或際遇的關係，來說明對你所啓發的人生哲理。

# 西洋文學與人生㈣
# 莎士比亞的四大悲劇與薛西佛斯的神話

王銘鋒

## 一、導言

　　威廉·莎士比亞（William Shakespeare, 1564～1616），偉大的英國文學家。在其作品中，《哈姆雷特》（*Hamlet*）、《李爾王》（*King Lear*）、《馬克白》（*Macbeth*）、《奧賽羅》（*Othello*），又被稱為莎翁的「四大悲劇」，完成於莎翁的創作巔峰時期，是深入西方文學殿堂的必讀的文本。《哈姆雷特》是四大悲劇中最早完成的，描寫丹麥王子哈姆雷特的父王被叔父毒死，叔父同時霸占了王位和母后，也就是哈姆雷特的母親。此悲劇便是描述優柔寡斷的哈姆雷特如何展開報殺父之仇的計畫。《奧賽羅》是莎翁悲劇中人數中較少的故事，故事集中於「嫉妒與猜忌」的單一主題。內容描寫一位正直寬宏的黑人將軍奧塞羅，如何因屬下的嫉妒心進而設計與讒言，開始懷疑白人之妻的不貞，進而變成一位疑心善妒的丈夫，最後導致一場無法挽回的悲劇。

　　《李爾王》是莎翁所有的戲劇中正義感不彰顯的一齣戲，故事描寫李爾王如何遭受兩個大女兒的背叛與遺棄，因而精神崩潰，而小女兒又如何至孝地拯救他，但到最後還是慘死的故事。《馬克白》是四大悲劇中最後完成的，故事內容描述蘇格蘭勳爵馬克白弒君篡位的過程，他在夫人的慫恿之下，陷入掙扎，在犯罪的過程中，內心又一直遭受折磨，把自己推向悲劇。《哈姆雷特》的遊移與舉棋不定的難題，《李爾王》

的暴怒與固執，《奧賽羅》的缺乏信任與不安，《馬克白》的野心與罪惡感，這四大悲劇人物的悲劇，將觸及人類永恆的生命主題，感受文學最深刻的力量。而莎士比亞的四大悲劇中的主要角色在人生中所遭遇的挫折與無奈，以及他們所思索的人生真諦議題，與希臘神話中，被天神所懲罰的城邦創建者薛西佛斯（Sisyphus），面對人生不斷受陷在山丘上，重覆地把巨石推上高處後滾落又再推上的困境中所生的挫折感與無奈，有許多相似之處。而讀者可以藉由這四大悲劇與此神話故事的閱讀，來討論這之間的相似之處與所啟發的人生哲理。

# 二、範文

## (一)《哈姆雷特》

　　劇情如下：丹麥王國的城堡裡，守城的官兵發現了一個奇怪的幽靈，他很像死去的先王，當北極星升起在夜空，他就神祕地出現；一旦公雞啼晨，他又匆匆消逝。先王突然去世還不到一個月，王后葛楚德（Gertrude）就改嫁給國王的弟弟克勞迪斯（Claudius），克勞迪斯因此篡奪了王位。這件事強烈刺激了年輕的王子哈姆雷特，他為父親的去世極度悲傷，又為母親的背叛感到羞恥。對於新國王，哈姆雷特非常反感，覺得他一點也不像自己完美的父親。聽了此報告，哈姆雷特決心去親自等候幽靈。

　　又到了深夜，幽靈再次出現了。他向哈姆雷特招手，引導他來到城堡盡頭，並告訴哈姆雷特，他就是他的父親及先王的靈魂，正在煉獄受著痛苦。他並非像傳聞所言，是在花園睡覺時被毒蛇咬死，而是遭到了弟弟克勞迪斯的謀害。他要求兒子為自己報仇，但他也要求復仇時不能傷害自己的母親，至於王后的罪惡，就由上天懲罰了。哈姆雷特讓目

擊鬼魂的幾個人發誓保密，立誓報仇。為了復仇，哈姆雷特採取了裝瘋的策略，以便消除叔叔克勞迪斯的疑心。從此，哈姆雷特在服裝和言行上都變得狂妄怪誕起來。王后不知內情，以為兒子是因為哀悼亡父及愛情的緣故才變成這樣。然而，克勞迪斯並不放心，打算將王子放逐到英國。哈姆雷特熱戀著御前大臣波洛紐斯（Polonius）的女兒奧菲麗亞（Ophelia），他給奧菲麗亞寫信，一再表示愛慕。但波洛紐斯和奧菲麗亞的哥哥都反對這門婚事，他們告誡奧菲麗亞：哈姆雷特的地位太高，小心上當受騙。但奧菲麗亞無法擺脫對哈姆雷特的深情，她不斷地試探哈姆雷特，可是哈姆雷特為了偽裝得更像，不敢向心愛的女人表露真情，僅僅暗示自己真摯的愛，這使奧菲麗亞的精神十分痛苦。

　　宮中來了一班戲子，哈姆雷特借演出前的機會繼續裝瘋，他在愛情折磨下說出的雙關語進一步刺傷了奧菲麗亞。波洛紐斯處心積慮地刺探哈姆雷特，但總猜不透王子的心。戲班子演出的是和謀殺先王相似的劇情，哈姆雷特暗中觀察叔叔的反應。從國王失態的神色中，哈姆雷特證實了父親鬼魂所說出的真相。在母后的寢室，哈姆雷特斥責王后葛楚德。王后誤以為哈姆雷特會將自己殺死，恐懼地叫嚷起來；同時，帷幕後也發出了救命的呼叫。哈姆雷特認為是國王藏在裡面，拔劍刺去，沒想到刺死的是充當密探的波洛紐斯。藉由怒斥波洛紐斯的愚蠢，哈姆雷特又狠狠地數落了母親的背叛，使得王后心如刀割。這時，幽靈重新出現，他要求哈姆雷特幫助母親解脫良心上的折磨。國王發現了波洛紐斯的死，更加懷疑哈姆雷特，他要王子立即出發去英國，並在捎去的信中要求英王將哈姆雷特處死。沒想到哈姆雷特出海後遇上海盜船的襲擊，交戰中，哈姆雷特做了海盜的俘虜。海盜們為求日後得到報答，將哈姆雷特釋放。哈姆雷特要好友荷瑞修（Horatio）火速趕來，護送他回國。回國後，哈姆雷特在基地遇到一位掘墓人，正當他們進行一番充滿

哲理的對話時，來了一支送葬的隊伍。隊伍中有國王、王后和臣子們，但葬禮卻很草率。哈姆雷特滿腹猜疑，主教告訴他，被埋葬的是一個自尋短見的少女。按照教規，這種死法只能葬身荒野，只因上面有令，才得以安葬基地。這少女就是哈姆雷特心愛的奧菲麗亞。原來，奧菲麗亞得知父親竟然死在自己戀人的手裡，哀痛欲絕，很快就神經錯亂。有一天，她唱著歌，用鮮花野草編成了花圈。當她要將花圈掛在河邊的柳樹上時，不慎落水身亡。

奧菲麗亞的哥哥萊阿提斯（Laertes）因為父親和妹妹的意外慘死，而恨透了哈姆雷特。即使哈姆雷特後來對他的說明，也沒有得到萊阿提斯的諒解。哈姆雷特的叔父（亦即新國王）又從中挑撥，並設計讓萊阿提斯提出了和哈姆雷特以劍術決一高下的要求，哈姆雷特不明真相，接受了挑戰。在國王的安排下，萊阿提斯準備了一把尖頭毒劍，哈姆雷特使用的卻是無毒的圓頭劍。在比劍的過程中，哈姆雷特無意中將自己的無毒劍換過了萊阿提斯的有毒劍，並回刺了對方。這樣，哈姆雷特與萊阿提斯兩人也都深中劇毒。就在這時，王后突喊她中毒，原來狠心的國王在給哈姆雷特準備的酒中下了毒，而王后在毫無所悉的情況下，誤飲了遭下毒的酒。哈姆雷特見母親被毒死，難過之餘也深覺其中有詐。萊阿提斯臨死前，終於說出了真相，而哈姆雷特選擇原諒了他，並將塗有毒藥的劍刺中了國王，壞心腸的國王終於得到報應而死去。哈姆雷特要求荷瑞修在他死後將真相昭告天下，然後閉上了眼睛逝去。將士們抬起了高貴的王子，舉國哀悼。

## (二)《李爾王》

年老的國王李爾王，決定退出王位，想將他的王國版圖平均分給三個他心愛的女兒。不過，他先測試他的女兒，請她們告訴他有多麼的愛

他。李爾王的大女兒貢內瑞兒（Goneril）和二女兒蕾根（Regan），皆
諂媚地恭維父親，試圖贏得父親的歡心，但國王最年輕且最鍾愛的小女
兒克蒂莉雅（Cordelia）卻保持沉默，表示她沒有適切的話語來表達她
對父親的愛意。沒想到，李爾王竟勃然大怒，並聲明要和她斷絕父女關
係及逐出國門。此時，曾向克蒂莉雅求婚的法國國王表示即便沒有她的
國土領地作為嫁妝，他仍然會娶她。於是，在這種情況之下，離開了父
親及她的國家。後來，李爾王萬萬沒想到他心愛的兩位女兒貢內瑞兒和
蕾根居然會背叛他，因而導致他最後的裝瘋賣傻而逃出女兒的城堡，並
在雷雨交加的荒地上居無定所，幸虧有他的弄臣及後來喬裝成僕役裝扮
的忠誠伯爵肯特（Kent），一路伴隨著他渡過險境。

　　本劇另一副線的故事則是年長的貴族格洛斯特（Gloucester），他
同時也歷經了類似李爾王的家庭問題。他的私生子艾德蒙（Edmond）
矇騙他並告訴他正室夫人所生的大兒子愛德加（Edgar）企圖殺害他。
格洛斯特大怒，下令派人追殺艾德加，愛德加在逃亡途中，偽裝成發瘋
的乞丐，並稱自己是「可憐的湯姆」（poor Tom）。當忠誠的格洛斯特
知道李爾王的大女兒與二女兒背叛她們的父親，即使他自己已陷入險境
之中，仍決定助自己的主子一臂之力，卻不幸被蕾根和她的丈夫以謀反
之罪名逐出，流浪於鄉間之中，在多佛遇到喬裝成乞丐的兒子愛德加而
得到兒子的幫助，暫時免於受苦。同時，李爾王也來到多佛。在多佛，
克蒂莉雅帶領法國軍隊登陸了英國，試圖營救她的父親。多情的艾德蒙
沉浸於與貢內瑞兒和蕾根的三角愛情糾纏之中，而貢內瑞兒的丈夫阿爾
巴尼（Albany）則越來越同情李爾王的境遇，他們內部的失和惹來了貢
內瑞兒與艾德蒙私下密謀殺害他的後果。英國的軍隊後來抵達了多佛，
在艾德蒙親自率領之下，擊潰了法國軍隊，李爾王和克蒂莉雅都淪為階
下囚。

　　全劇的高潮在於愛德加與艾德蒙的決鬥，艾德加殺死了艾德蒙為受苦死去的父親報仇。貢內瑞兒則因無法原諒妹妹蕾根與艾德蒙之間的愛情而殺了自己的親妹妹，但當她丈夫發現她與艾德蒙之間也有不可告人的姦情而欲興師問罪時，則「畏罪」自殺了；而艾德蒙最後將克蒂莉雅私下處死。李爾王最後也因愛女克蒂莉雅的死亡而過度哀傷致死。徒留後人哀傷與憑弔。

## ㈢《馬克白》

　　馬克白和班科（Banquo）在平定叛亂的戰役之後，凱旋而歸，在路經蘇格蘭的森林時遇到了三名女巫。女巫們預言馬克白將會登上蘇格蘭的王座，但班科的兒子會在其後登基。當住在城堡裡的馬克白夫人從馬克白那裡知曉女巫的預言後，便野心高漲，大肆鼓吹篡奪王位的計畫。在她獲悉國王鄧肯（Duncan）將在城堡內過夜時，不斷以女巫的預言慫恿丈夫對國王下殺手，在理智和欲望間不斷掙扎的馬克白終究下了毒手，隔天馬道夫和班科發現國王的屍體時，兩人忍不住對兇手大聲咒罵。

　　鄧肯王的兒子馬爾肯（Malcolm）被誣陷弒父而不得不走避英格蘭，馬克白終於登基為蘇格蘭的國王，但他心中卻因當時女巫為班科所作的預言而惶惶不安，馬克白夫人見此，就慫恿他一不做二不休，除掉班科和他的兒子以絕後患。在一場刺殺行動中，班科被刺客殺死，但其子富林斯（Fleance）卻逃過一劫。在宴會上，以為班科被殺之後，就可高枕無憂的馬克白居然看到班科的鬼魂也在席上，大驚失色的馬克白不禁破口大罵。雖然隨即發現只有自己看得見而穩定下來，但這一切都被身為重臣的馬道夫（Macduff）看在眼裡，於是他離開了蘇格蘭加入了反抗軍的陣容。馬克白心裡的罪惡並沒有隨著班科的死消失，反而日

趨嚴重，他決定回到當初遇到三名女巫的森林，向她們詢問自己的未來。她們三個陸續出現並警告馬克白要留意馬道夫，不過，除非巴南（Birmam）森林朝他進攻，不然他將永保尊榮和榮耀。最後還說，沒有任何一個由女人在十月懷胎所生下的人能殺害他。後來，馬道夫在得知親人被馬克白處刑之後，痛不欲生，同時下定決心矢志復仇。之後，馬道夫和馬爾肯所率領的反抗軍在巴南樹林裡，砍下了樹枝並放在身上做為掩護，悄悄朝馬克白的城堡前進。馬克白夫人因前國王鄧肯和班科等人的死而內心飽受煎熬，終日被靨夢所擾。反抗軍終於兵臨城下，馬克白在對決中得知馬道夫原來是不足十月出生的早產兒，在心神慌亂間被馬道夫殺害。女巫所作的預言還是實現了。

## ㈣《奧賽羅》

　　本劇的主角奧賽羅（Othello）是一位黑皮膚的摩爾人，他擔任威尼斯王國軍隊在塞浦路斯的統帥。故事一開始，奧賽羅在擊敗土耳其的艦隊之後，偕同新婚的白人夫人黛斯德莫娜（Desdemona）回到塞浦路斯，並宣布了他的勝利。回到他的賽浦路斯總督府所在地並與他的部屬將士與塞浦路斯的子民相聚。奧塞羅的部屬依阿果（Iago）則忌妒剛被奧賽羅擢昇為副官的卡西歐（Cassio）。而決定設計陷害，讓卡西歐失寵於奧塞羅。首先，依阿果利用卡西歐被灌醉時，教唆別人挑釁他，結果兩人大打出手，使得前任總督出來勸架，卡西歐卻不慎也傷了他。逼得奧賽羅出來制止，最後懲處卡西歐，免除其副官的職位，依阿果則暗中竊喜他的第一個詭計已經得逞。

　　接著，依阿果虛情假意地向卡西歐表示同情，並表示願意幫助他恢復其副官的職位，建議他去拜託黛斯德莫娜去向奧賽羅說情。然而，實際上，依阿果卻是想利用兩人因此事碰面的機會大作文章，而想要挑

起奧賽羅對妻子與卡西歐之間的猜忌。依阿果在看到卡西歐請求黛斯德莫娜為其說情時，見到奧賽羅靠近，便設法勾起奧賽羅的猜疑與忌妒。奧賽羅見妻子來向他替卡西歐求情，顯得心浮氣躁，妻子黛斯德莫娜以為他身體不適，便掏出手帕替他拭汗，卻被奧塞羅不悅地揮開，手帕因而掉落在地上。依阿果之妻愛米莉亞（Emilia）因隨侍在黛斯德莫娜之旁而順手拾起，依阿果看見了卻要自己的妻子將手帕交給自己，以利他之後的詭計運用之工具。奧賽羅仔細思量他所看到的情景，越想越不對。便要依阿果提出自己妻子紅杏出牆的證據，依阿果故意吞吞吐吐地說，卡西歐在睡夢中戀慕黛斯德莫娜的話。還跟奧塞羅說他送給其妻的手帕已被卡西歐所擁有，憤怒的奧賽羅向不知情且前來為卡西歐的復職求情的黛斯德莫娜責問他所送的手帕在何處，黛斯德莫娜說手帕放在房間裡，奧賽羅以為她說謊，激憤之下將妻子推倒，並大罵她是娼婦。後來，依阿果設計約卡西歐出來談話，奧賽羅從旁竊聽，依阿果偷偷地將手帕放在卡西歐身上，依阿果故意問起他有關請託黛斯德莫娜的事以及讓他拿出手帕，讓奧賽羅相信卡西歐與黛斯德莫娜確實存在秘密的姦情。勃然大怒並失去理智的奧賽羅命依阿果去取得致命毒液，打算用來殺死黛斯德莫娜。狠心的依阿果竟建議奧賽羅可以將黛斯德莫娜勒死於床上，因為那正是她犯罪的地方。

　　沮喪的黛斯德莫娜因為奧賽羅粗暴的態度感到悲傷，愛米莉亞走上前來安慰她。奧賽羅看到妻子的哭泣，誤以為她是捨不得離開卡西歐，而大聲狂叫並當眾叫囂黛斯德莫娜對他的不忠。後來，黛斯德莫娜在臥室和愛米莉亞相對而泣。黛斯德莫娜甚至對愛米莉亞悲痛地表示，她有預感奧塞羅會來對她不利。接著，在她的睡夢中，奧賽羅悄聲地走進房間，吻醒了她。然後，卻怒罵她是卡西歐的情婦，要她準備赴死。黛斯德莫娜苦苦哀求饒恕，但奧賽羅鐵心，不聽其辯護，在床上勒死了她。

愛米莉亞聽到兩人的講話聲，趕緊敲門急奔入室，然而已挽救不了黛斯德莫娜的生命，只聽女主人用最後一點力氣說她是清白的。愛米莉亞驚喚眾人進來，奧賽羅指稱妻子不貞，更以手帕為證。愛米莉亞聽完之後，義無反顧地將依阿果的詭計及陋行公佈於眾人，並且說明手帕是他從她那裡取得的。依阿果見大勢不妙則落荒而逃了。奧賽羅明白妻子的忠貞，不勝歔欷悔恨，最後他拿起了刀子，自絕於妻子之側。

## 三、解釋

《哈姆雷特》是四大悲劇中最早完成的作品，在這悲劇中，莎士比亞處理的性格缺陷是過於道德完美主義，因而出現的優柔寡斷與猶疑不決。這性格猶如希臘悲劇《伊底帕斯王》中的主角伊底帕斯之「悲劇缺陷」（tragic flaw）。即使他因為裝瘋而洞悉他父王死亡的謀殺真相，但他的發瘋也導致他心愛的女人（奧菲麗亞與他母親）的死亡與周遭人物對他的不解。有兩句經典名言是出自哈姆雷特的口中：「To be or not to be, that's the question.」（我到底是要存活還是要死去？那真是個問題！）「Woman, god gives you one face, but you change it to another!」（女人啊！上帝給妳一張臉，可是妳把它改成了另一張臉！）這兩句話表現出他個性優柔寡斷與多疑善變的個性，也導致他過多的自我批判質疑並缺乏行動的決斷力，而轉而讓自己，甚至是無辜的其他人陷入萬劫不復的險境。

《李爾王》這齣悲劇，跟其他三大悲劇最不一樣的，就是性格弱點（他對小女兒的暴怒）在戲劇一開始就呈現。李爾王最大的弱點，就是長年活在顯赫尊貴的地位中，已無法分辨何為虛偽的奉承以及何為真實的感情與忠實及虛假。到最後才導致他自己與他的三個女兒被殺害的悲劇。《馬克白》是四大悲劇中最後完成的，在性格描述上，比前面三

個悲劇，是更成熟更辛辣更單刀直入。而探討的主題是一個人要如何從僅是欲望的追求，到最後卻犯下不可赦的罪行的心路歷程。這種從平靜淡利的生活到擁有權勢與榮華富貴生活的落差轉變過程，也可看出人性貪婪的弱點。《奧賽羅》的主題，距焦在人性的嫉妒與猜忌的黑暗面，而這些人性的負面價值觀卻會導致無可挽回的悲劇。而莎士比亞也在近五百年前，藉由奧賽羅與黛絲德莫娜愛情戲劇文本，點出了因為文化差異而結合的異族間通婚架構下的性別與種族政治的議題。而此議題即使在當今的西洋文學討論上，仍是常見的討論主題，這也可看出莎翁劇本作品的普世價值以及博大精深。

## 四、賞析

　　我們可以藉由薛西佛斯的神話裡所因材的人生哲理來看莎翁四大悲劇的主角所面臨的人生窘境與抉擇。而薛西佛斯是希臘神話當中著名的悲劇性人物，相傳他是古希臘城邦科林斯的創建者，關於他，大家所熟知的，莫過於他和那塊永遠推不完的石頭。傳說中他欺騙又得罪了眾神，因此被罰在冥界最深的無間地獄（Tartarus）把很沉重的巨石推上陡峭斜坡，但每當他用盡全身的力氣把石頭推上坡頂時，它卻會立刻滾下坡，因此薛西佛斯只好不斷地重複著相同的動作，永無休止的接受這個懲罰。不過，至於他為何會受到如此殘酷的刑罰卻有不同的說法；不管是哪種版本，大家所熟之的薛西佛斯便是被塑造成為一種反覆而無止盡的勞動與努力的枉然。不過法國哲學家與存在主義作家卡謬卻有不同的見解，他在《薛西佛斯的神話》（*The Myth of Sisyphus*）一文當中便指出，薛西佛斯其實是一個隱喻，他的荒謬在於輕視神祇、厭惡死亡、熱愛生命的人，必須在反覆而徒勞無功的動作當中累積自己的經驗，不斷地嘗試挫折。

　　巨石代表的即是生命的重量，一種生命的權威與不好承受的重量，而薛西佛斯正代表著挑戰這種威權主義的象徵。他並不覺得推石頭的勞動是一種向命運低頭的舉措，反之是正面的、樂觀的、積極的向命運挑戰。也許薛西佛斯在推石頭上山的那一刻得到喜悅與滿足。不過，當石頭滾回山下的剎那，他又會感到徬徨無助與虛脫感。但是，當他再度走下山時，希望的火炬又再度燃起。

　　莎士比亞四大悲劇中的悲劇主角如哈姆雷特、李爾王、馬克白與奧賽羅以及這四個劇本所突顯的四位悲劇女性的角色，如奧菲麗亞、克蒂莉雅、馬克白夫人與黛絲德莫娜，都在他們面對人生無常困境或是欲望的誘惑時，各自展現了對生命的省思與人生的感觸。而他們在人生旅途中所遭遇的順境與逆境，也正好對應與印證了薛西佛斯神話中所欲表達的人生真諦；那就是即使是身陷無奈的困境中，人還是必須以主動與正面的態度來坦然面對人生不得不的存在。

## 五、習作

請與同學討論並撰寫下列的問題：

1. 莎士比亞此四大悲劇中的四位悲情女性的角色（奧菲麗亞、克蒂莉雅、馬克白夫人與黛絲德莫娜），你最（不）同情誰的遭遇？為什麼？

2. 請描述莎士比亞四大悲劇與薛西佛斯神話的關聯以及對你所啟發的人生哲理。

# 西洋文學與人生㈤
## 英國文學中的奇幻與想像（中古世紀至十八世紀）

王銘鋒

## 一、導言

　　英國文學從中古世紀的《貝奧武夫》（*Beowulf*）史詩與騎士傳奇故事開始，接連下來的《亞瑟王與圓桌武士傳奇》（*King Arthur and the Knights of Round Table*）、《嘉文爵士與綠騎士》（*Sir Gawain and Green Knight*）的故事，與綏夫特（Swift）的《格列佛遊記》（*The Gulliver's Travel*），再經過以鬼影幢幢的陰森古堡為主題如渥普爾（Walpole）所寫的奧特蘭多堡（Castle of Otranto）之哥德式小說（Gothic Novel）的書寫發展，一直到浪漫時期詩人如渥茲華斯（Wordsworth）、柯律芝（Coleridge）或者是濟慈（Keats）所寫的不朽詩篇，這些作家以不同的文類書寫或是敘述架構的方式，展現了對大自然的崇拜與敬畏的泛神論思維、鄉間居民超自然或是鬼怪傳奇的流傳以及強調拜倫式英雄（Byronic Hero）個人主義的崇拜。在這些作品的背後，充滿著奇幻與想像的鋪陳與社會文化意涵的成分。在欣賞這些作品令人陶醉的奇情與幻想的世界中的同時，讀者也必須要了解，其實這些作者在無形中，也表達出若干他們的意識型態或是其作家個人思維的寫作理念。在二十一世紀的時空與社會背景之下，這些英國文學作品中所呈現的騎士、超自然文學傳統，或是超脫俗世的奇幻與浪漫時期詩歌中想像

的文化意涵以及意識型態，不僅影響後世英國文學作品的幻想及創作的靈感泉源，在另一方面，作品本身也值得讀者好好地細味推敲其中隱藏的涵義，然後透過閱讀文本的學習成效與心得，可以讓讀者藉此做延伸運用或是連結到人生經驗的體會與了解。

　　要探討英國文學中的奇幻與想像內容的淵源，其實是有其一脈相傳的條理。從最古老的史詩《貝奧武夫》中，中古世紀的騎士所需展現對主子的忠誠，屠龍的勇氣與決心，如何克服對大自然如森林湖泊的險峻及挑戰，還有如何抗拒與面對美女的誘惑。這些故事情節對後世英國的浪漫時期詩歌作品與對大自然風景的歌頌，還有對田園牧人的生活之憧憬與懷舊的發展，有著深遠的影響。而哥德式小說的興起，除奠定西方世界往後甚至迄今仍歷久不衰的小說閱讀風潮外，這類作品所顯現的神祕、懸疑氛圍與超自然想像的思潮，也延續並影響了浪漫時期詩歌所表達的個人對大自然造物者的敬畏的崇宏胸懷。尤其是在對當代西方通俗文化盛行所產生的通俗大眾小說（例如：奇幻文學、驚悚小說、言情小說、科幻小說甚至是偵探小說）的閱讀風潮影響，扮演著承先啟後的關鍵地位。這些超自然神祕主義思維與玄奇幻想，也進一步地成為後世英國文學作品（例如：《納尼亞傳奇》、《魔戒》、《哈利波特》）乃至於當代世界奇幻文學熱潮中創作的奇幻與想像的來源。另一方面，讀者在藉由閱讀這些文學作品中所突顯的各時期的社會文化之生活層面與反映的人生哲理，也可以了解英國文學的作品是如何地關照人生。其實，許多英國文學作品中對於有關超自然想像的融入與刻畫，對當今英國乃至於世界以奇情或幻想為主的通俗大眾文學有著深遠的影響。至於如何找出這些英國文學作品發展的脈絡呢？首先，我們從英國的中古時期到浪漫時期的文學作品開始談起，來檢視有哪些作品展現奇幻文學的特色以及有何啟發性並隱含的人生經驗與哲學？以下就從英國文學的起源與

發展的進程中，藉由各時期作品中的文化與社會層面來檢視這些奇幻與想像所呈現的意識型態與時代意涵。

## ㈠何謂奇幻文學？

1. 奇幻文學（Fantasy Literature）的定義：是以中古世界為背景，將原本只有騎士、農民、城堡的社會文化背景，添加了超自然的精靈、魔法、噴火龍之類的幻想怪物，讓單純的中古世界增添許多神奇的幻想。這便是奇幻文學的濫觴。奇幻文學基本上可以被定義為「在幻想的世界中，加入超自然的力量」，因此廣義來說，帶有中古年代色彩的騎士冒險故事、超自然鬼怪小說與以未來或廣大宇宙時空為背景的科幻小說，都可以視為奇幻文學框架下的不同文類書寫的模式。

2. 古代流傳的童話故事與神話，包含大量奇幻要素，也是近代奇幻文學的起源，而中世紀騎士傳奇故事與十八世紀中葉哥德式小說的寫作風潮則成為近代奇幻文學的濫觴，一直到《魔戒》出現後，奇幻文學分類才逐漸突顯出來而發揚光大，並影響這幾年如雨後春筍般興起的奇幻文學作品。

## ㈡如何定義與探討奇幻文學？

1. 托多若夫（Todorov）在 *The Fantastic* 一書中提到：奇幻之名是指涉文學的種類與一種文類；介於「自我」與「他者」間一種不確定感與曖昧感的持續。

2. 羅絲瑪莉（Rosemary Jackson）在 *Fantasy: The Literature of Subversion* 中提到是一種模式。是一種想像力解放所產生對現實質疑的情境（imagination in exile and reality under scrutiny），在心理層次上是一種怪誕（uncanny）的現象。

3. 佛斯特（E. M. Forster）在《在小說面面觀》（*Aspects of Novel*）
中提到：「奇幻」指的是一種暗示超自然之物存在的寫作手法，
如在日常生活中引入實際上並不存在的生物，將平常人引進一個
超乎常態的境地，不論是過去、未來、地球的內部或第四度空
間；深入角色人格的潛意識及分割人格，來找出文本的涵義。
4. 近代研究：從社會文化層面的角度來審視與解讀英國各時期文學
作品所呈的奇幻面相中，所隱藏的意識型態與文化意涵。

## 二、範文（英國奇幻文學的發展：上古與中古時期）

### ㈠《貝奧武夫》（*Beowulf*）

　　西元七世紀所寫，是英國第一部史詩完成於西元八世紀，約西
元750年左右的英雄敘事長詩，長達三千行。故事的舞臺位於北歐的
丹麥，是以古英文記載的傳說中最古老的一篇。奇幻文學作家托爾金
（J.R.R. Tolkien）坦言，撰寫《魔戒》系列小說時，從《貝奧武夫》獲
得了許多靈感，例如，與貝奧武夫交戰的巨龍，跟《哈比人歷險記》裡
出現的惡龍十分相似。《貝奧武夫》的故事大致為忠貞的貝奧武夫消滅
了入侵古丹麥宮殿的半人半獸的怪物格蘭多（Grendel），然後又消滅
了前來復仇的格蘭特的大水獸母親，貝奧武夫凱旋歸國，並繼任為王。
到晚年，貝奧武夫大戰噴火龍為民除害，並以老朽之軀殉國。此故事雖
說是英國史詩，但是內容卻與英國無關，而是描述盎格魯薩克遜人的民
族英雄貝奧武夫的英勇事蹟。史詩故事中以丹麥人為主，故事的場景也
是在北歐，而此故事會成為英國文學史上的不朽名著之一的最主要原
因，是因為英國人的祖先也是來自北歐的盎格魯薩克遜人，所以與北歐
的歷史有關。此詩其來源與撰寫人不可考，有傳說是一位僧侶所著作，

也有紀錄說是吟唱詩人的流傳故事，抑或是由數篇的神話故事所集結成詩。

## ㈡《嘉文爵士與綠騎士》（*Sir Gawain and the Green Knight*）（1360？）

　　故事大綱如下：某年耶誕夜亞瑟王和他的圓桌武士們聚在一起，中途卻走進一個魁梧壯碩全身都是綠色的綠武士。他當著亞瑟王的面提出了一個挑戰：他先讓圓桌武士砍他一斧，次年元旦換他砍那個圓桌武士一斧。嘉文爵士於是站了出來，一斧把綠騎士的頭砍了下來，綠騎士不慌不忙地撿起了自己的頭就轉身離去，並提醒嘉文爵士明年在綠教堂要記得準時赴約。隔年，嘉文爵士依約出發。在路上，他到了一個城堡，城堡男主人與美麗女主人熱情地款待他。第二天一早，城堡男主人要出門打獵，和嘉文爵士約定說自己當天打到什麼都會給他，而他得到什麼也都要給城堡男主人。然而，到了夜晚，嘉文爵士準備就寢時，美麗的女主人卻一連兩天色誘嘉文爵士。直到第三天，女主人送了他戴上就刀槍不入的絲巾。後來，嘉文爵士找到了綠色教堂，綠騎士用斧頭砍他；第一下失手，第二下也失手，第三下砍了下來，削去嘉文的一層皮。到最後，嘉文發現原來綠騎士就是城堡主人，而他也告訴嘉文爵士，他已通過了騎士最嚴苛的勇氣考驗。

## ㈢亞瑟王與圓桌武士的故事（*King Arthur and the Knights of Round Table*）

　　亞瑟王與圓桌武士的故事在廣大英國人的心目中，是民族英雄的不朽傳奇。傳說中的亞瑟是不列顛國王由瑟王與康瓦爾公爵夫人的私生子，在亞瑟一出生時，就被由瑟王託付給魔法師梅林（Merlin）撫養，由梅林祕密地將亞瑟撫養成人。後來由瑟王死後，梅林故意設局，並在

各地放出風聲說倫敦有一塊神秘的石頭，有把神劍立在其中，若有人能從石頭中拔出此神劍者，那個人將來必定會是英國的國王。果然，有許多騎士們便爭相前往倫敦欲拔出此劍，但是都是徒勞無功而返。多年過後，年輕的亞瑟在梅林的暗中幫忙下，輕而易舉地將此劍從石頭中拔出，亞瑟也因此成為了英國王位的繼承人。之後，在亞瑟原先的劍折損之後，具有無比魔力的湖中魔女（The Lady of Lake）賜給了亞瑟王一把新的神劍。使得亞瑟王如虎添翼，之後展現了許多奮勇戰鬥的英雄事蹟。

亞瑟曾幫助蘇格蘭王國抵抗愛爾蘭，他還率領旗下的圓桌武士與軍團統一了英國，並征戰於整個歐洲大陸，甚至遠征羅馬。為了感謝亞瑟的鼎力相助，蘇格蘭國王將愛女桂妮薇兒（Guinevere）許配給他為王后。然而，桂妮薇兒深愛的卻是身為亞瑟的圓桌武士之一的蘭斯洛（Lancelot）騎士，即使在她婚後，仍然無法忘懷對他的情感。之後，兩人秘密幽會，被亞瑟王發現後，蘭斯洛被迫離開了亞瑟的宮廷。亞瑟在後來，只能用晚景淒涼來形容。除了妻子對他的不忠之外，他的外甥莫德雷德（Mordred）因故違背了對他的諾言，趁他在異鄉征戰敵人之際，私自佔領了卡美洛（Camelot）王國，並在全城散播謠言說國王亞瑟已戰死異鄉沙場。此外，還企圖染指王后桂妮薇兒。亞瑟王聞訊後，急忙趕回英國，召集眾騎士，商議對策。後來，一場血腥的戰爭爆發，亞瑟身受致命的重傷，他知道自己的大限將至，在聽完敗戰回報後，就因極度哀傷而與世長辭。在更多關於亞瑟王傳說的文獻中，提到了有關亞瑟王故事的不同結局：在卡姆蘭戰役身受重傷之後，出現了三位神秘的女人（傳說就是湖中魔女）把亞瑟王扶上一艘黑色的小船，一起向玄奧虛幻之地阿瓦隆（Avalon）前進，從此亞瑟王便永遠地消失在人世間。

## ㈣英國奇幻文學的發展：十八世紀

在十八世紀的英國文學中，較具奇幻與想像色彩的，主要有綏夫特（Jonathan Swift）的《格列佛遊記》（*The Gulliver's Travels, 1726*）與以渥普爾（Horace Walpole）為開端而興起的哥德式鬼怪小說（Gothivc Novel）。

《格列佛遊記》

綏夫特的《格列佛遊記》故事大綱大致分成四部份，格列佛在海上漂流並拜訪了四個國度（小人國、大人國、飛島國和慧駰國），這四個國度的歷險各有其以下的寓意：格列佛遇海難，來到小人國利立普特（Lilliput）。這裡居民身高僅六英寸，君臣貪婪、國家戰禍連綿。作者以居高臨下的角度，用巨人的眼光俯視人類的荒唐渺小。接著格列佛好奇心起，誤闖大人國（Brobdingnag）。這裡居民身高如尖塔，武器精良、國威赫赫。作者以小矮人的角度，仰視人類的粗俗和鐵石心腸。後來格列佛又逢海盜，造訪飛島國（Laputa）。這裡籠罩著一股城市和鄉間頹敗、荒蕪以及暴君獨裁的不安氣氛。作者以平常的心態，檢視人類的瘋狂和邪惡本性。最後，格列佛遭遇被叛變，遍歷慧駰國（Houyhnhnms）。這裡統治者高度理性，人形動物邪惡、低劣。作者以理性動物的角度，來審視人類的本質。

## ㈤哥德式鬼怪小說的代表：《奧特蘭多堡》（*The Castle of Otranto*）與《憂多佛的秘密》（*The Mysteries of Udolpho*）

### 1.《奧特蘭多堡》（1764）

十八世紀渥普爾所寫的《奧特蘭多堡》被視為英美文學發展上的第一本哥德鬼怪小說的創作，此小說情節的主線圍繞在奧特蘭托城堡主人

曼弗雷德（Manfred）的經歷展開，而副線以他的女兒馬蒂爾達（Matil-da）的愛情為中心。兩條線索交替推進，演繹出種種生動畫面。但見奧特蘭托城堡內，曼弗雷德正為延續家族的統治權而焦慮萬分。他處心積慮地搶來美麗的姑娘伊莎貝拉（Isabella），讓患病的兒子康拉德（Conrad）同她結婚生子，以確保有個男性繼承人。不料，康拉德猝死，這一計畫受挫。於是，他又決定遺棄現有的妻子，強行迎娶本來給他當兒媳婦的伊莎貝拉。在相貌酷似原城堡主人阿方索（Alfonso）的青年農民西奧多（Theodore）的幫助下，伊莎貝拉逃離了城堡，但西奧多本人卻因此被懷疑殺害康拉德遭到了囚禁。然而這時，早已愛上西奧多的曼弗雷德的女兒馬蒂爾達設法給了西奧多自由。正當馬蒂爾達和西奧多來到聖尼古拉教堂阿方索塑像前祈禱時，曼弗雷德又誤將馬蒂爾達刺死。最後，一切謎團解開，曼弗雷德招供了自己以及祖先殺人篡位的罪惡。真正的繼承人西奧多接管了城堡，並娶伊莎貝拉為妻。所有這些描寫，無疑都是「生活在極其普通環境中的熟悉男女」的「自然」事件，具有現實主義小說的魅力。

而小說中夜晚陰森的哥德式古堡，伴隨著隱藏多條的祕密通道與藏著不欲人知祕密的房間、牆壁上雙眼會盯著外人看的家族先人肖像圖、無人穿戴卻會移動的古盔甲以及夜半的哭泣聲……等，這些營造小說驚悚與令人畏懼的情結鋪陳與運用，也形成了日後哥德鬼怪小說的書寫與敘述通則，更成為後世許多大眾文學的驚悚恐怖小說中常見的情節橋段。例如：英國通俗小說家羅琳（J. K. Rowling）《哈利波特》（*Harry Potter*）系列小說中，霍格華茲魔法學校就像是座陰森的古堡，古堡裡頭有許多的祕密通道，更有神奇的密室、內有會動人物的肖像畫與盔甲，以及所伴隨的半夜奇怪的叫聲呼喚著哈利離開寢室，去找尋古堡中不為人知的謎團真相。而這其實是《哈利波特》這類的幻奇文學作品受

到哥德鬼怪小說書寫通則影響的其中一例。

## 2.《憂多佛的祕密》（1794）

　　安·芮德克莉芙（Ann Radcliffe）的《憂多佛的祕密》是女性所書寫且具代表性的哥德式小說，如果說渥普爾的《奧特蘭多堡》開啟了哥德式鬼怪小說的模式，但真正確立哥特鬼怪小說標準樣式的卻是芮德克莉芙。芮德克莉芙的這本小說充斥著中世紀專制、愚昧、紛爭和血腥，其統治者多為獨斷專行、冷酷無情的暴君式人物，亦即哥德式惡棍（gothic villain）；其間發生的故事以恐怖和懸疑為主要特點，讀來令人毛骨悚然。但是本小說又帶有中世紀義大利莊園城堡安詳、寧靜的一面。芮氏筆下的歐洲大陸有時簡直是個世外桃源。女主角艾蜜莉（Emily St. Aubert）原本要與心愛的瓦倫寇（Valancourt）結婚，但卻被具哥德式惡棍形象的姨父蒙托尼（Montoni）半囚禁在其所占據的堡壘或寺院中，甚至被脅迫放棄財產繼承權而將古堡繼承的財產過渡給姨父。雖然寺院和城堡等建築（代表的是宗教特權和封建專制，都是中世紀的象徵）隱藏著陰森恐怖，卻也給在哥德式古堡飽受驚嚇的艾蜜莉（雖然許多古堡中的恐怖靈異怪象，最後都證明是她的想像謬誤）一種堅實安穩的保護感，它們不僅是擋風遮雨的避難所，也能有效抵禦匪徒的侵犯。所有這些都與十八世紀的工業革命的社會現實形成鮮明反差。而與工業化所產生的污染、社會關係的疏遠和對金錢的崇拜相比，中世紀是一個令人憧憬與充滿奇幻想像的世界。

# 三、解釋

## ㈠騎士文學的文化意涵

　　圓桌武士的故事在許多方面也與史詩《貝奧武夫》有許多情節相似之處，以年代來看，前者帶有異教冒險與幻想性質的騎士冒險故事應該是受後者的影響。

在《貝奧武夫》史詩中，騎士精神主要表現在兩方面，其中之一是對主子的忠誠，這具體顯現在《嘉文爵士與綠騎士》中的嘉文爵士對主子亞瑟王的忠心，甚至是抱著犧牲必死的決心來代替亞瑟王而接下綠騎士砍頭的挑戰。另外，就是展現無比的面對敵人（或是對夾雜著奇幻想像成分的噴火龍）作戰勇氣以及面對美女（許多時候是以妖女的形象出現）誘惑所表現的抗拒、堅持與對女性貞潔的保護與尊重的美德。不過，在這類騎士文學中，女性的形象比較具有複雜性與曖昧性。例如在《貝奧武夫》中怪物格蘭多深居海中的大海獸母親，以及亞瑟王故事中賜予亞瑟神奇魔劍的湖之女，都代表著深不可測的女性魅力與致命力對男性威權的威脅與挑戰。此外，在《嘉文爵士與綠騎士》中，城堡主人（綠騎士）的夫人白天對嘉文爵士所流露出的女主人對待賓客的禮節，卻在夜晚進入嘉文爵士的寢室示愛與色誘，這也模糊了對女性形象的塑造。但不管在騎士文學中的女性意象為何，對騎士來說，都代表了成就男性騎士精神的試金石。而這些騎士文學中的騎士冒險歷程，在東西方眾讀者眼中，充滿了浪漫俠義的冒險事蹟。擁有魔法的梅林法師、英勇機智的亞瑟以及浪漫多情的蘭斯洛爵士，不僅成為童話故事的熱門題材，也受歷代英國文豪如史賓塞（Spenser）、但尼生（Tennyson）等人的青睞，納入其寫作的主題，也豐富了後世的奇幻文學的想像與創作的靈感來源。

## (二)格列佛遊記

在《格列佛遊記》中，蠻值得一提的是「慧駰國」，也就是馬面人國，內容是描述主角格列佛漂流到一個島上，這裡當家做主的是一種叫作「慧駰」（Houyhnhnms）的馬面人，另有一種長得像人的動物叫「雅虎」（Yahoo），被視為低等畜生，被「慧駰」用來拉車做工甚至宰來當食物吃。這些「雅虎」是慧駰國裡最低劣、野蠻的動物，完全無法調教，除了具有高度智慧的「慧駰」還能夠馴服牠們之外，其他動物對「雅虎」都避之唯恐不及。《格列佛遊記》所創的「Yahoo」從此成為英文裡正式的單字，美國大辭典對「Yahoo」的解釋，就是「人面獸心、粗鄙卑劣的人」。據說雅虎的兩位創辦人楊致遠和大衛費羅當時身為史丹佛大學博士生，卻成天上網，根本沒時間讀書，因此兩人後來在替網站命名時，就自嘲式地選了影射為毫無文化意義之人意思的「Yahoo」這個字，後面

再加個驚嘆號，就成了現在的「Yahoo!」。

## ㈢哥德式鬼怪小說

1. 何謂哥德式鬼怪小說？

哥德式小說是歷史上一種固定的小說類型，自十八世紀起一直延續至今，並囊括現當代靈異小說、恐怖小說，甚至恐怖性經典小說在內的一種泛恐怖小說形式。渥普爾的《奧特蘭多堡》宣告了西方第一部哥德式小說的誕生，同時也意味這類小說創作模式的問世。哥德鬼怪小說的創作模式，正如渥普爾在此書再版序言中所說，是兩類傳奇的融合，亦即古代傳奇和現代傳奇的融合，具體表現為故事場景、人物範式、主題意識等方面的一系列創新。尤其是做為故事場景的「哥德式古堡」（Gothic Castle），具有多重象徵意義，既代表十八世紀英國社會的哥德式建築的復興潮流，又體現了當時做為「理性主義」對立面的政治觀念、思想潮流和文化價值，因而是該類小說不可或缺的標誌性因素。

2. 當年渥普爾在《奧特蘭多堡》的副標題中加上「哥德式」這個詞，後世又以其主題為鬼魅怪誕，於是再加上鬼怪兩字來突顯此類小說的內容。十八世紀英國哥德式小說中有兩部小說較具代表性——《奧特蘭多堡》與《憂多佛的祕密》。中產階級對於中世紀歷史的矛盾感情大半體現於對哥德式小說中的惡棍的刻畫中，這些人物大多兼具中世紀貴族與十八世紀中產階級的特徵，他們身居顯貴卻又身世不明（象徵中產階級對身世的困惑），均利用非法手段讓自己社會地位爬升（暗示對自身主導地位的合法性信心不足），又多嗜財如命，是十八世紀工商業資產階級的典型寫照。同時，哥德式惡棍雖位高權重，但往往無法長久擁有其所篡奪之物。在多數小說中，這樣的權力與財產的篡奪者最終會為被篡奪者或其後代所懲罰，地位與傳統的非法繼承人終究會被正統的繼承者所推翻。此瀰漫於哥德式小說的恐怖與懸疑固然體現平民中產階級對於中世紀野蠻、殘暴歷史的懼怕，但是，卻也更反映這一階級因推翻貴族統治、篡奪其地位與權力而生的一種罪惡感。

## 四、賞析

其實亞瑟王與圓桌武士的故事流傳已久，而且散布歐洲不同地方，直到十五世紀英國散文家湯馬斯·馬洛里（Thomas Malory）將其整理改寫成散文敘述形式，並經威廉·卡克斯頓（William Caxton, 1421～1491）編輯出版，成為一偉大的中世紀傳奇。其散文色彩鮮明，故事生動寫實，描寫充滿浪漫與激情，開啟日後讀者對散文敘述的想像空間。亞瑟王傳奇即是屬於這種類型的文學型式，其故事主要以追求聖杯（the quest for Holy Grail）為主幹，而構成此一主軸情節的有年輕亞瑟的崛起、嘉文爵士的聖泉之旅、蘭斯洛爵士與王后桂妮薇兒之間的微妙愛情（或激情）。這一連串的事件，不僅呈現騎士的追尋使命，也彰顯冒險事件中的高貴情操，如扶助弱小、維護正義等。理想化的英雄行為顯然激起讀者無限的遐思，這也是這些中世紀傳奇的騎士故事令人著迷的地方。

關於《格列佛遊記》，其實不應該只是被膚淺地當作兒童文學作品閱讀，它其實是個政治寓言，作品除深刻反諷時政的腐敗，以離奇、甚至令人作嘔的情節，諷刺學究的愚蠢可笑之外，還令人省思了人性的不同面向。作品集中反映了十八世紀前半期英國社會的種種矛盾，對英國政治制度與食古不化且迂腐的學院派學者作了辛辣的諷刺。例如小人國裡的高跟鞋代表的是當時英國的輝格黨（Whig），而低跟鞋代表的是托利黨（Tory），關於打破雞蛋是從大的一頭打還是從小的一頭打的爭論則反映了英國當時國王與教廷的宗教戰爭。

除此之外，它也是奇幻小說，是遊記，是政論，是諷喻文學。它也是航海冒險故事，而這樣的航海旅行及冒險與對各島嶼的種族與社會文化型態的描述，也隱含了十八世紀大英帝國海外擴張及與異域之非我族類接觸的優越感之意識型態展現，在這些虛構的國度裡可以找到當時英

國社會的相似之處。而十八世紀的英國文風與思潮，文學作品較偏向以新古典主義為主，若是以遵循理性與古文範本的通則為創作根本的詩歌或諷刺文學為主的發展時期來看，綏夫特的《格列佛遊記》也帶有諷刺文學的特色，但是他的作品則加入了奇幻與想像的創作元素，讓較死板與嚴肅的新古典主義的文學創作文風，注入了活水源頭，而這股活水泉源也影響了十八世紀中期英國哥德鬼怪小說的興起。

　　而芮德克莉芙的《憂多佛的祕密》這本小說，又被稱為是「解釋型的哥德式小說」（explained gothic novel），因為這類小說中，怪誕的靈異現象與神祕的謎團到最後都會以理性與科學的角度來對事情的真相加以解釋，而且事後證明都是（女）主角過分想像的結果。也由於此文類廣受十八世紀小說興起時期讀者的喜好，而產生了後世許多所謂「仿哥德式」（gothic parody）類型的小說。這些小說中較有名的應該是珍·奧斯汀（Jane Austen）的《諾桑覺寺》（*Northanger Abbey*），奧斯汀筆下的凱薩琳（Catherine）在鄉下的諾桑覺寺莊園對神祕人事物的發生的想像謬誤與推斷，與芮德克莉芙的艾蜜莉有異曲同工之妙。此外，此種類型的「解釋型」哥德式小說中，主角對於神祕未知謎團的推論與假設，其實也影響了十九世紀中葉作家例如像狄更斯（Charles Dickens）與柯林斯（Wilkie Collins）的早期的偵探小說中的推理情節與神祕氛圍元素的運用。而這對於十九世紀維多利亞末期所興起的鬼怪或科幻小說風潮以及柯南·道爾的福爾摩斯系列偵探小說寫作的風潮，更有深遠的影響。

## 五、習作

1. 請挑選你對一至兩本上述所提到的小說內容的了解，來撰寫關於此小說所對你的人生經驗或哲理的啟發。

# 西洋文學與人生㈥
## 英國文學中的奇幻與想像
## （十九世紀與維多利亞時期）

王銘鋒

## 一、導言

　　十八世紀除了是新古典主義思潮盛行時期之外，也是工業革命方興未艾之際。但也因為是理性與科學的典律與法則禁錮與壓抑了個人想像力的發揮，這也間接地讓哥德式小說作家有了宣洩被壓抑的超自然想像力的管道，而促成了具有中世紀憧憬與奇幻想像色彩的哥德式鬼怪小說興起；另一方面，十九世紀強調個人想像力與創造力的浪漫主義也應運而生。瑪麗・雪萊在寫《科學怪人》時，多少也受到浪漫主義重要詩人的老公雪萊的影響，作品中也反映了當時理性科學與大自然間的衝突以及對大自然的畏懼與崇宏（sublime）之感。此作品可以視為具有十八世紀新古典主義的理性與十九世紀浪漫主義的想像之間的對話。對於維多利亞末期發展中，帶有大英帝國後殖民論述的哥德鬼怪小說更有承先啟後的影響。

# 二、範文

## ㈠瑪莉・雪萊（Mary Shelley）的《科學怪人》（*Frankenstein*）（1818）

## 《科學怪人》的情節大綱

　　科學家維克多・法蘭肯斯坦（Victor Frankenstein）出身於瑞士一個卓越的家族，法蘭肯斯坦在求學時，由於天資聰穎，求知若渴，因此博覽群書，慢慢地對科學產生高度興趣。母親死後，他拜別了家人，去德國一所名校讀大學，由於對生命奧祕的狂熱，不眠不休地鑽研，固然贏得全校師生的讚佩，卻因此走火入魔；他偷偷地祕密進行一項駭人聽聞的實驗，就是要從事「賦予無生物生命」的製造科學生化人的計畫。但是，在他等到成功的那一剎那，他才發覺自己創造出來的是一個事先根本無從想像的怪物；它是個身長八呎，力大無窮，極端醜陋嚇人的科學怪人。在怪人睜開雙眼開始呼吸的那一刻，他嚇得魂飛魄散，奪門而逃。直到有一天，突然接到父親來信，告訴他一個晴天霹靂的惡耗，說他那可愛的六歲小弟弟被人謀殺身亡，法蘭肯斯坦渾身發抖，心知這樁謀殺案一定跟自己製造的科學怪人有關聯，於是兼程日夜趕回家。在到家之前的某一個夜晚，風雨交加，在暴雨中，他看到了那個怪人的鬼影，以超越常人體能的速度，矯健地攀爬山壁逃逸，他知道這個陰魂不散的怪人，隨時隨地跟蹤在自己左右窺視。

　　法蘭肯斯坦回到家裡之後，見到了悲傷至極的家人，卻被告知兇手已經尋獲，是一個在他家幫傭多年的少女佳斯婷（Justin）。佳斯婷是個孤兒，在他家名為幫傭，實際上亦為家庭一份子，全家亦視她如親人。佳斯婷個性溫柔體貼，善良可靠，卻被指為兇手，因為許多不利證

據都指向她，使她百口莫辯，她固然矢口否認，青梅竹馬的情人伊莉莎白（Elizabeth）也堅信她無辜，法蘭肯斯坦更心知肚明，但卻有口難言。審判中，兩人雖然意圖極力替她洗刷冤情，卻無法說服法官們，可憐又善良的佳斯婷則因此被判了死刑，無辜地上了絞刑臺，法蘭肯斯坦知道，兩條人命已毀在怪人手中了。在難過之餘，有一日上山散心，怪人卻不請自來，語帶威脅地向他敘述一段故事；原來自他產生之後，周遭人視他為妖怪，個個躲之唯恐不及，甚至被暴力驅逐。在荒野中經過了風吹雨打與許多的磨難，慢慢學會了獨力求生之道。後來躲藏在一個農家期間，他更學會了人類語言、文字以及一些歷史、地理等學問，智力顯然超越常人許多。他渴望能夠被人類善意的接納，可是每次當他一出現，人們不是嚇得魂飛魄散，就是聚集眾人拿石頭丟他及驅趕他。在遭受接連不斷的被排斥與打擊之後，怪人感到他的真心善意總是換來人類絕情與冷酷以對，而使他對人類開始產生惡意及報復心理。同時，他非常迫切地需要一個女伴，以安撫自己寂寞與受創的心靈。因此，他要求法蘭肯斯坦能再創造一個與他相若一般的女性科學怪人來作為伴侶。之後，他會承諾從此遠離人群，去過他們自己的生活，永不和人類接觸，如果法蘭肯斯坦不從，他便要殺害他的家人，讓法蘭肯斯坦也體會加諸在他身上的痛苦及寂寞。

　　後來，他獨自一個人前往一個英國北部偏僻的海島，進行這項令他極端厭惡的祕密工作，但在同時，他也感覺出那個怪人隱隱約約地隨伺左右，暗中監視。然而，就在完成前的一剎那，他領悟到第二個可怕又無法掌控的怪物又將在他手中產生，便立即將這個第二個科學怪人破壞摧毀。就在這時，他看到了那個怪物從窗口窺探，以極端絕望悲憤惡毒的表情，怒目相視，暴跳如雷，他開槍打他不中，又被逃脫。之後，怪人為了報復，殺死他無辜的好友，又在他新婚之夜，用他強而有力的

雙手勒死他鍾愛的妻子伊莉莎白。法蘭肯斯坦的父親禁不起連連打擊，也傷心而死。法蘭肯斯坦發誓要盡己身全力，追殺怪物並同歸於盡，所以一路追蹤，一直追到南極，饑寒交迫，瀕死邊緣，被一艘困在冰地的漁船所救，船長便是本書以旁白人身分的說故事者。法蘭肯斯坦雖然不死，但體能已超過極限，全憑一股復仇的意志在勉強撐著。過了數週之後，冰雪逐漸溶化，漁船才脫困，船長應船員要求，決定啟航回家，法蘭肯斯坦見他們執意回家不再北上航行，自知復仇無望，遂而崩潰，溘然去世。而最後怪物突然出現在船艙，撫著維克多的屍體痛哭，一方面也表明創造他的「父親」已死，他也沒有活下去的意念，隨即抱著屍體離開船艙，並消失於冰洋中。結局令人動容。

## ㈡維多利亞末期以科幻驚悚與鬼怪想像特色的三本小說

### 1.布拉姆·史托克（Bram Stoker）的《吸血鬼德古拉》（*Dracula*）（1897）

#### ⑴吸血鬼德古拉伯爵的典故

　　愛爾蘭作家布拉姆·史托克的《吸血鬼德古拉》是維多利亞末期經典的哥德式鬼怪小說。史托克小說中的怪誕幻想的人物，是根據古羅馬尼亞王朝的德古拉公爵虐待戰俘甚至飲人血的傳說來加以穿鑿附會所寫的鬼怪小說。在《吸血鬼德古拉》一書中的主角德古拉，在歷史上是真有其人，1431年生於今羅馬尼亞的西基索拉（Sighisoara）城。其父弗拉德·德古爾（Vlad Dracul）當時被接納為「龍騎士」組織的成員，受羅馬尼亞地區希其蒙（Sigisuund）國王任命為川索凡尼亞（Transylvania）的總督軍。根據羅馬尼亞語的語意來分析，「德古爾」具有「龍」的涵義，表示被納入龍騎士的尊榮，「德古拉」（Dracula）則有「龍之子」的意涵。後來羅馬尼亞人將此字與「惡

魔」做連結，是受當時在羅馬尼亞境內的德國南部薩克森人用語影響。這些薩克森人到羅馬尼亞境內躲避饑荒，行為不檢，被德古拉施以極嚴厲的刑罰，故私下都如此稱呼。當時龍騎士組織具有神聖的地位，由今德國境內神聖羅馬帝國皇帝所創，目的在效忠教廷，使天主教徒免於土耳其人的迫害。德古拉因其父的驍勇善戰而獲此名號，亦因此成為多瑙河畔瓦拉其亞（Walachia）公國的公爵「弗拉德四世」（Vlad IV）。

　　據史書記載，1442年間弗拉德四世（亦即德古拉）與其年幼的弟弟因政治迫害之故被送往鄂圖曼土耳其帝國的首都君士坦丁堡作為人質，足足待了六年。這段期間內，不僅面臨周遭充滿敵意的四面楚歌環境，還傳來其父親與兄長被叛變貴族所暗殺的消息。十七歲時，他在土耳其蘇丹的支持下，率軍打回瓦拉其亞並奪回政權，上台之後第一件事便是整肅異己。他的手段極其嚴酷，他用各種酷刑及峻法來對待他國俘虜，最有名的就是用木樁穿刺身體的刑罰。1462年，在對土耳其軍隊士兵的戰役中，當土耳其大軍開抵德古拉的王國城下時，赫然見到開戰時被俘虜的上萬名士兵，都被剝光了衣服示眾，並且被活生生地插上木樁而環繞著城池，更有傳說他甚至飲這些俘虜的鮮血為樂。仍然向前直進的土耳其軍隊，目睹這令人毛骨悚然的情景，莫不聞風喪膽，嚴重打擊了戰鬥士氣而只得撤離。這樣的血腥殘酷的暴行，也讓德古拉成為當時的許多歷史學家增加了豐富的題材，把他寫成了一個不朽的傳奇人物。而愛爾蘭作家布拉姆　史托克則將他借用到所寫的吸血鬼小說裡，成為哥德鬼怪小說裡的惡棍主角，這也使得德古拉之名已經與吸血鬼有了分不開的連結。

## 2.《吸血鬼德古拉》的小說情節

　　史托克的小說故事一開始是講述來自倫敦的新科律師哈克（Harker），前往德古拉公爵位於東歐喀爾巴阡山的古堡，替哈克的倫敦雇主

呈交一份房地產地契，原先他受到伯爵翩翩的風度所吸引，後來才發現自己已經成為這座古堡的囚犯，並且察覺到平靜的農村生活下，暗藏許多詭異的事情。就在他尋找逃生之路的時候，差點被三名女吸血鬼迷倒，所幸德古拉的及時出現，救了哈克。之後，吸血鬼遠渡重洋來到倫敦，開始藉由吸血來「複製」新的吸血鬼。其中，他邂逅了哈克的愛妻米娜（Mina）。然而，米娜活潑的朋友露西（Lucy）在同一天受到三個大男人的求婚之後，慘遭德古拉之「吻」，身子愈來愈虛弱而幾乎瀕臨死亡邊緣。露西的追求者之一西渥（Seward）找來了一位荷蘭的教授凡赫辛（Van Helsing），精通醫學、科學、哲學，能綜合科學與迷信來解讀疑難雜症，是當時最有名的科學家。凡赫辛這位醫師替露西看病，他經過診斷與判斷，終於找到了原因；原來露西是被侵入她閨房的德古拉公爵吸血之後才生病而最後變得孱弱而病逝。但是，死後的露西，卻也淪為吸血鬼，經常在夜間侵入倫敦市區的住宅抱走嬰兒吸血維生。凡赫辛率領著幾位露西之前的追求者，拿著劍與木樁來到露西的陵寢，撬開棺木，砍了露西的頭，並拿木樁藉由鐵槌力道猛刺露西不死之身的心臟來終結吸血鬼的危害。而凡赫辛後來仍繼續帶領這群驅鬼大隊來到德古拉的大本營，與德古拉伯爵交手，最後終於找出有效的驅魔方法而把德古拉置於死地。

### 3.H.G.威爾斯（H. G. Wells）的《世界戰爭》（*The War of the Worlds*）（1898）

英國作家威爾斯《世界戰爭》出版於1898年的科幻小說，其故事主要描述外星人入侵地球（以倫敦為背景）的情況。故事以這些外來長相似章魚的火星人，以其強大的科技技術攻擊地球，這些火星人沒有生殖器官，他們繁衍後代的方式是自我分裂，他們不會進食、也不會消化，他們把擄獲的地球人血液直接注入血管而生存。正當他們即將征服整個

地球時，卻一個接一個死亡。這是因為他們最後受到了地球上細菌的感染，因為身體沒有像人類一樣具有抵抗細菌的抗體而全部死去。

## 4.柯南‧道爾（Conan Doyle）的《失落的世界》（*The Lost World*）（1912）

　　道爾最著名的小說莫過於以名偵探福爾摩斯為主角的系列小說，而《失落的世界》一書中的查林傑教授（Professor Challenger），是道爾另一個知名的小說英雄人物。本小說描述的是一個發生在二十世紀初期的探險故事，故事的主角有四個人，一個是名不見經傳的英國報社記者馬龍（Marlone）、兩位經常針鋒相對的生物學家薩莫里（Summerlee）與查林傑（Challenger），還有一位狩獵與旅遊高手約翰勳爵（Lord John Roxton），一同前往南美洲探險的故事。這個探險團體中，查林傑教授從之前的探險日誌、考古資料、紀錄相片、當地原住民的傳說以及之前的親身造訪中，推測並證實南美洲有一塊遺世獨居的高原，蘊藏著許多之前早已絕種多年而值得探究的動植物。在回到倫敦後，英國眾多學者都不願意相信這個事實，甚至還嘲笑他造假。於是在學術機構的贊助下，薩莫里教授率隊前往南美洲，欲見證查林傑教授所說的蠻荒高地。馬龍因為女友的鼓勵，也勉強前往這支探險隊，而約翰勳爵則是一個愛好南美的探險家，所以也決定加入此探險隊之陣容。

　　他們所前往的地點是獨立在南美洲亞馬遜河流域的一片高原，探險隊一行人是從一獨立的山峰中，藉由攀爬陡峭岩壁還有穿過一狹窄的隧道通道，以及費了許多的工夫與力氣，最後才抵達此一被世人遺忘的世界。他們發現此高原獨立於平原上約兩千公尺，中間有一個湖，從高原各地流下來的溪流都匯集到這個湖，此區域也是高原上眾多生物賴以維生的地方。除了史前類人猿之外，更有許多已被世人認定為絕種的史前恐龍，例如禽龍、翼手龍、蛇頸龍甚至暴龍。在高原停留期間，他們經

歷了史前半猿人與暴龍的襲擊,一夥人後來又意外地被半猿人所擄走,幸虧約翰勛爵適時開槍援救;他們又更吃驚地得知半猿人與居住在高原的印地安人之間,有著世仇,在解救教授等人的過程中,也順便救了印地安人土著酋長的兒子。此後,因為解救印地安人土著酋長兒子有功,印地安人持續將這批人留在部落內款待;唯獨就是不讓他們接近以前崩塌的隧道通道那邊,因為這些印地安人擔心此探險隊成員離開他們而跑回文明世界之後,會讓他們繼續受半猿人攻擊的威脅。最後,薩莫里教授運用智慧作成的土製炸彈炸開了隧道,才讓他們得以回到了文明世界。

## 三、解釋

### (一)《科學怪人》的社會文化意義

　　雪萊的《科學怪人》對後世的恐怖驚悚小說以及科幻小說的發展,有著深遠的影響,甚至還衍生出許多改編自雪萊原作的新作品,還有以科學怪人之新娘或科學怪人之子為主角的小說或漫畫的故事集。此小說也反映了十九世紀初期英國因科學技術發達而起的工業革命,以及一般生活獲得改善之後的中產階級社會之興起。維克多所創造的科學怪人全憑己身力量,自食其力甚至無師自通地學習語言以及想融入人類社會的意志,相當程度上也象徵著一個白手起家的中產階級努力提升社會地位的奮鬥者(social climber)。一方面也告誡世人,大自然的奧祕是無限的,是超乎人類所能理解的層次,若是逆天理與自然界運行相悖,而從事非自然性的生化人創造,下場將會像科學家維克多‧法蘭肯斯坦一樣的悲慘。

### (二)《吸血鬼德古拉》與《科學怪人》的連結與社會文化意涵

　　《吸血鬼德古拉》與《科學怪人》這兩本小說反映了科學與超自然之間的不相容的衝突,但是也開啓了兩者間可能的對話。十九世紀英國自然科學取得重大

成果，成為當代物質文明與進步精神的代表，然而，以哥德式小說的寫作模式，也就是以鬼怪等超自然現象為主題並且對科學的複雜曖昧態度的書寫，在十九世紀的發展，卻也在此時興起。這顯示在文化與象徵層面，科學自然主義並未能完全掃除或馴服超自然現象及神祕經驗的魅力，十九世紀科學自然主義對於宗教信仰與文化思潮產生的衝擊，在文學領域激發出許多精彩且重要的作品，衍生延續至今日的西洋文學、戲劇與電影中的科幻類型與鬼怪傳統，成為一個重要的藝術與文化的淵源。十九世紀科學與宗教信仰的互動，並不僅止於一般認為的單純對立而已，透過分析文學作品受鬼怪與科學想像的影響層面，以及科學家對鬼怪的看法與研究，這個研究將闡明在科學自然主義取得文化思潮主導地位的過程中，科學與宗教、實證與想像、理性思維與非理性經驗彼此之間複雜多樣的互動關係。

《吸血鬼德古拉》這本小說其實具有十九世紀末期社會的性別與種族的象徵意涵。首先，小說中的露西在面對眾多愛慕者的追求所展現的愉悅以及肉體的欲望，在被德古拉吸血之後，變得更加地淫蕩。這其實代表的是維多利亞末期男性對女性刻板形象以及肉體欲望的自身投射，藉由將女性與吸血鬼做連結而對女性近似妖魔化的敘述下，來突顯男性對女性的道德優越感與凌駕女性的控制慾。再者，德古拉伯爵在到達倫敦後，不斷地藉吸血來「複製」他的子民與製造恐懼，已經嚴重危害到大英帝國的社會安定與國家安全。史托克在這裡多少也反映出對英國殖民者在海外殖民擴張與統治威權的高壓統治與剝削異族心態下，所產生的罪惡感與對外族入侵的反向殖民之恐懼。而這種對外族入侵之恐懼的展現也出現在維多利亞末期另外一位小說家的作品裡，不同的是小說裡，來自東歐的吸血鬼伯爵換成了來自火星的外星人。

威爾斯《世界戰爭》以目擊者和當事人的敘述角度，描寫了人類對火星人的反擊，但是由於雙方科技相差太遠，根本無法對抗火星人。火星人摧毀城鎮，屠殺人類，而且火星人只是將人類視為一種低等動物，甚至將人類做為食物。儘管在最後，地球上的人類在外星生物的摧殘下，幸運地逃過人類滅絕的大浩劫，不過，這些外星異類的入侵與人類所受到的威脅，已給自認為所向披靡與人定勝天的地球人類一個莫大的警惕與教訓。和史托克一樣，威爾斯更非常嚴肅地提出一

個長期以來被自負的人類忽視的一個逆向思維的問題：那就是日益發達的社會，如何處理與周圍世界和其他物種之間的關係。威爾斯的科幻小說，一掃法國作家凡爾納（Jules Verne）的科幻小說的樂觀傾向，藉由外星人入侵情節的奇幻與想像，重新拾回了英國文學中慣有之對前途的憂慮和不安的敘述。

　　《失落的世界》是另一部英國文學中融合科學幻想與恐怖驚悚的小說，小說人物根據之前探險家所繪的史前生物圖像，至南美洲的亞馬遜河流域孤立的高地找尋史前生物以及類人猿的足跡，卻進入了一個充滿恐懼與不安的世界。恐龍對大多數人來說是個奇幻且充滿驚奇想像，令人好奇地想親自目睹的奇觀，但卻也是令人極端恐懼的史前生物。小說中的探險隊員以科學實事求是的精神，亟欲想將只能在博物館中觀看及想像中的恐龍軀體以及史前類人猿具以明狀地刻畫實體外型，但到了南美亞馬遜河流域中，一處與外隔絕的高地之後，探險隊員原本從科學年鑑圖片中對恐龍與類人猿的外型的清楚輪廓形象的記憶，一旦到了蠻荒且充滿未知的叢林中，卻變為模糊與無法具體表達形狀的惡夢。這種史前生物與人類學家原本記憶中對恐龍與類人猿的刻板形象逐漸淡化，甚至變成影像生成中的模糊化狀態，卻讓這些隊員感到極端地害怕甚至是厭惡不舒服。而這種經驗彷彿帶領著讀者進入了哥德式小說中的世界，去感受遭到這些史前生物與原始人類攻擊與飽受生命威脅下的心理層面之驚恐與畏懼。

　　另一方面，這些探險隊員中的古生物或是人類學家對亞馬遜河高地的史前恐龍、類人猿與南美野蠻神祕的印地安人土著的研究論述，也展現了大英帝國的科學理性角度對事物從不可明狀的未知狀態到具體明狀的清楚再現的過程。而且在具有大英帝國子民的剝削與破壞大自然生態且據以為用的心態下，探險隊一行人在亞馬遜流域的高地不僅任意採集動植物標本與盜採礦石，甚至捕捉史前生物翼手龍帶回倫敦，在科學研究成果發表會上展現給世人，並計畫當作是私人博物館的館藏以及做為舉世奇觀的展覽品項。但弔詭的是原本令倫敦市民充滿興奮與期待，想一睹為快的活生生且具清楚外觀的恐龍，卻在逃脫之後，成為令市民驚恐的夢魘甚至被視為是惡魔。這種轉變頗令人玩味。而這樣的異類生物入侵倫敦的驚悚情節與十九世紀維多利亞末期的小說中的哥德式的奇幻想像元素，有著密切的關聯。

## 四、賞析

　　綜觀以上所列的具有不同特色與風格的英國小說，以及這些小說作家們不同的文類書寫或是敘述架構的方式，除了呈現出寫作當時的社會意識型態或是其作家個人思維的寫作理念之外，更可以了解到英國文學作品中的科學理性與奇情幻想，兩者間既是相容也是相悖的衝擊發展下的脈絡，而這樣的脈絡以及具有此特質的寫作模式及通則，也有助我們對此類的西洋作品為何能獲得廣大世界讀者喜愛與迷戀的原因之理解。從另一角度來分析，這些英國文學作品中的奇幻與想像的創作過程中，所顯現的社會文化與個人之間互相連結的意義與意識型態，是值得我們去做更深入的關照與探討的。

## 五、習作

1. 請挑選你對一至兩本上述所提到的小說內容的了解，來撰寫關於此小說所對你的人生經驗或哲理的啟發。

# 日語篇

導論

・日本文學與人生㈠：日本文學中的親情

・日本文學與人生㈡：日本文學中的教育

・日本文學與人生㈢：

・中古文學與宮廷貴族文化

・日本文學與人生㈣：

・日本近代文學之導覽

・日本文化與人生㈠：關懷互助的智慧

・日本文化與人生㈡：有機健康財富的智慧

# 導　論

王綉線

　　日本自古以自然美景著稱，文學中也喜好以自然為題材，點綴千古不變的人性。到底文學中的人生，是虛？是真？驀然回首，虛實幻移，空留文本，書中人性卻早已烙在心中，慢慢褪去，卻驚見你我人生，悄悄換上新彩。是黑白？是彩色？還是空白？任由鑑賞換彩。日本文學給大家的是最「自然」的顏色，四季之美──物換星移、喜怒哀樂、生離死別……。

　　本單元計六個主題，各別聚焦在「親情」、「教育」、「宮廷貴族文化」、「友情」、「互助關懷」、「有機健康的智慧」。這些單元的旨趣，各別是：

　　〈日本文學中的親情〉：古典文學〈捨姨山〉、〈養老乃瀧〉定焦在「孝道」，「明月」如同母親般照亮大地，望月思母；「甘泉」寓意「孝子之心」，源源不斷。

　　〈日本文學中的教育〉：〈清兵衛與葫蘆〉、〈一串葡萄〉以葫蘆、葡萄投射小孩對藝術的熱情及執著，前者講工藝，後者談繪畫配色。然而，不同的教化，決定小孩的藝術生命，前者父權扼殺，後者春風化雨。

　　〈中古文學與宮廷貴族文化〉：《竹取物語》中，風雅的貴族、天皇展開對女神熱烈追求；人神殊途，終各歸其所，僅留朦朧月亮、朦朧竹林。《枕草子》、《古今和歌集》：宮廷詩人吟詠四季景物，或理性、或感傷；或纖細、或雄偉；人景物交織，和歌匯百情。

　　〈日本近代文學導覽〉：《吾輩是貓》是貓窺人？是的！不自然卻

顯自然，因為人不知被窺。《友情》：男女三角關係中的友情最尷尬，前進是愛情，後退是敵情（或姦情）。無情？有情？終傷感情，難以抉擇。《雪國》：月兒如冰刀，月臺上，雪中列車溫暖到站，離站後僅留寒氣，以及寒氣中看不透的人心。

〈關懷互助的智慧〉：因為關愛生命，所以「牽絆」，縱有任何驟變，關懷依然延展，自然、家庭、社會、國家……，以順應自然，抗拒自然。

〈有機健康財富的智慧〉：自然心，自然食，與四季共舞；不徐、不緩，自然律動，譜出生命最清淨的樂章；清淨似空無，卻擁有一切。

# 日本文學與人生㈠
## 日本文學中的親情

王綉線

## 一、導言

　　日本以優美的自然聞名，然而自古以來的天災地變，使得人們一方面要從自然謀求溫飽；一方面也得想辦法與自然共處，保護自然傳承給代代子孫。所以人們要在自然中求生存，確實不易；與自然接觸後，才能深切體悟飲水當思源的可貴。日本的古代故事〈捨姨山〉、〈養老乃瀧〉就是富有「飲水當思源」寓意的故事。

　　「飲水思源」一詞不僅道出自然守護者的偉大，也道出「一家守護者」的辛苦付出。古訓「鴉有反哺之孝，羊知跪乳之恩」，即訓示對生育、養育我們的父母應該盡孝。「老」是人生必經之路，誰都無法避免，因此面對日漸衰老的父母，如何讓老一輩無憂，並且能夠活出快樂、活出尊嚴、活出意義，這是千古以來考驗為人子女的課題。

　　少子化的時代早已來臨，為人父母、養兒育女的經驗，雖然未必人人都能親身感受，但試想襁褓時期，父母不辭辛勞地細心照顧；求學時期不時地叮嚀；長大後的背後關心，目的都是希望孩子健康、長大茁壯，只要時時看到孩子的笑容，就很滿足。儘管人生僅有數十載，父母心永遠是父母心，永遠放不下心中的孩子。所以為人子女應懂得反哺報恩，時時貼心父母，讓父母安心。因為當你回顧人生時，會發現人生其實很單純，忙了一輩子，再多的錢財也帶不走，求得僅是天倫之樂。

　　因為大環境的多變，導致每個人未必都會選擇結婚或生子；甚或

結婚後因為家庭諸多因素，無奈變成單親家庭；甚或成長過程並非由親生父母養育長大。俗話說：「生的放一邊，養的大過天。」意指養育之恩勝過生育之恩。想必這一句話必定刻畫了不少單親家庭因忙碌或因故無法照顧子女的血淚辛酸。但是，不管成長歷程經過多少困難或波折，對於愛您卻無法照顧您的父母，或是對於養育您的家人，都應理性理解思考其背後真正原因，不應只聽隻字片語而怨恨無法照顧自己的親生父母；並應試著換個立場了解或體會他們背後不得已、無法兼顧養育的無奈或辛酸。畢竟暴力或不倫的家庭下所產生的單親家庭，確實有其令人難以解開的糾葛。

　　「父母的恩情如山高、如海深」，終其一生也報答不完，所以行孝要趁早，切勿有「子欲養而親不待」的遺憾。孩子的成長，背後必定有父母或如父母的推手，有「嚴父慈母」般的教導；而父母的健康長壽，背後必定有孝順的兒孫在旁陪伴。所以「兒孫滿堂」、「三代同堂」、「五代同堂」等詞，不僅寓意著家庭和樂，也寓意著兒孫孝順的意涵。雖然現代家庭不一定能多代同堂，但家庭和樂的道理是不變的。其可貴在於一家團結感情堅固，互相扶持、互相守護；越快樂的家庭，家人必定越長壽。若試問如何給家人快樂？快樂又在哪裡？快樂既不是金錢，更不是物質，而是讓家裡安心、歡笑的一顆心，而快樂就在你我家人的心目中。

## 二、範文

### ㈠捨姨山／《大和物語》

　　在信濃之國[1]，叫做更級[2]的地方，住著一位男子。男子從小父母就早世，伯母[3]就像母親一樣，一直陪伴

在身邊，呵護他、照料他。但是，男子的妻子，老是
覺得這位伯母讓人頭痛，加上這位伯母上了年紀，腰
越來越彎，所以男子的妻子總是埋怨個不停；常常跟
男子說伯母心腸不好，沒有人比她更壞之類的話，受
到妻子的影響，男子態度也變得不如往昔，常常冷淡
伯母。

　　這個伯母年紀越來越長，身體也彎到幾乎要對折，
媳婦看在眼裡，真是礙眼惱人，常心想：「老不死
的，真能活。」淨是逼迫男子：「把伯母帶走，非得
丟到深山裡。」男子被責備到非常為難無奈，於是心
一橫，心想：「就這麼辦吧！」

　　就在月亮非常明亮的夜晚，男子對著伯母說：「伯
母呀，來！走吧！廟裡的法會很盛大，我想帶您去看
看！」聽到此，伯母沒有比這更高興，於是讓男子背
往山上。因為是住在高山的山腳下，一進到很深很遠
的那座山，又是不可能下山的地方後，男子便丟下伯
母逃走了。伯母說：「這……這……」男子連話都不
回，一路逃回家。然而，心想：妻子淨說伯母壞話讓
他生氣時，男子就很氣憤，事情才會演變成今天，
其實長年以來，伯母就像親生父母養育他，一直陪著
他，想到此，不禁悲從心來，非常難過。

　　沒有比從這山上看到的月亮更明亮，男子整晚睡不
著，看著月亮陷入沉思，悲傷地吟唱：「一看到照射
更級姨山[4]的月亮時，就無法撫慰我的心。」[5]於是，

他又返回山上接伯母回去。從此以後，這座山就被稱為「捨姨山」。據說只要說到「難以撫慰」時，就會以「捨姨山」的典故作為例子。

（譯自：片桐洋一等校注〈捨姨山〉《竹取物語・伊勢物語・大和物語・平中物語》，東京：小學館，2006.8）

## ㈡養老乃瀧／《古今著聞集》、《十訓抄》

從前，在元正天皇（680～748）當政時，日本美濃國[1]有位出身寒微、家裡很窮的年輕男子，一同和年邁的父親生活。年輕男子平日以上山拾草撿柴為生，但也僅能換取三餐的溫飽。偏偏他的父親非常喜歡喝酒，而且不分早晚，因此男子經常腰掛著葫蘆，買酒給父親喝。

有一天，男子打算上山[2]撿柴時，一個不留神踩到滿覆青苔的石頭，腳一滑，臉、四腳都趴在地面。就在那會，不知哪裡傳來陣陣的香氣，男子覺得不可思議，往四周觀看，發現了從一石縫中冒出潺潺的泉水；那泉水的顏色真美麗，和酒的顏色一模一樣。男子馬上汲取那泉水，試喝一口，真是好喝的酒啊！男子高興至極，從此之後，每天都前往汲取那泉水，讓父親喝得很滿足。

就在當時，日本的元正天皇聽到這個傳說後，就安排行幸前往那湧泉處，親自勘查，天皇認為：「這一定是天地之神憐憫真誠孝子之心，給予孝子功德的

力量。」深受感動之餘，便封這位年輕男子為美濃太守；並將那美泉形成之瀑布命名為「養老瀑布」[3]以示紀念，年號也改為「養老」。

（摘譯自：淺見和彥校注〈養老の滝伝說〉《十訓抄》卷6，東京：小学館，2003.6）

## 三、解釋

### ㈠〈捨姨山〉

1. 信濃之國：現在日本的長野縣。

2. 更級：長野縣千曲市南部地名；以梯田美景及水稻中的倒映之月而聞名，是日本重要文化景觀。

3. 日語原文是「姨」字，「姨」指父母的姊妹，叔伯的太太。從男子很小就被扶養，男子結婚後扶養者的腰很彎來判斷，猜測是伯母或姑姑，本文翻為伯母。

4. 捨姨山：捨姨山跨長野縣千曲市、東筑摩郡筑北村，標高1,252公尺。

5. 「一看到照射更級捨姨山的月亮時，就無法撫慰我的心」乃出自《古今和歌集》第878首，作者不詳。

### ㈡〈養老乃瀧〉

1. 美濃國：日本岐阜縣南部。

2. 上山：該山位於今日本岐阜縣養老郡附近的多度山。

3. 養老瀑布：被選為瀑布「名水百選」，以「菊水泉」聞名。聽說該泉水有治病美膚、由老返童之效。該瀑布位於岐阜縣養老郡養老町。

# 四、賞析

## (一)〈捨姨山〉

《大和物語》（yamato monogatari）：成立於日本中古時期平安期的故事，大約950年左右；作者不詳，全文分為173段，包含約三百首的和歌，其內容為和歌物語，以當時貴族社會（至951年左右）所吟唱的和歌為中心。

〈捨姨山〉作者不詳。「捨姨」一詞源自民間故事（《大和物語》等）中的典故——將扶養自己長大之姑姑或阿姨丟棄在山上後，後悔不已，隔日隨即帶回的典故。在日本各地（甚或世界各地）各式各樣的棄老風習，以民話或傳說的形式流傳。捨姨山的傳說，也被日本的深澤七郎取材用在《楢山節考》（1956年）電影中。

〈捨姨山〉是日本知名《楢山節考》的故事原型，《楢山節考》引人入勝，醒人深思，其原因主要是因為其故事內容一直是社會的縮影，儘管物換星移，千古的社會原型，千古的人性依然不變。

生老病死是人生必經之路，若處於物資缺乏的時代，老人必成為家庭、社會的負擔，但試問「老」就是無用、家庭的負擔嗎？〈捨姨山〉一文雖很簡短，但卻很明快的交代親情與愛情衝突的家庭糾葛。故事中男子面對惡妻長久以來對長年耕作、腰背日益彎曲、變形的伯母抱怨，他也很為難。然日子一久，心也起了離棄之念，於是騙了養育多年的伯母，將她背到深山，讓伯母想回家也無力回家，想讓她死於山中。然而想起自己父母的早逝，伯母的辛苦養育之恩，恩情比山更高，此恩何以報答時，不斷湧起狠心丟棄的愧疚感。

山上的明月，喚起了男子的良知，終於讓男子回頭。「一看到照射更級捨姨山的月亮時，就無法撫慰我的心。」此和歌的背景，有著美麗

的更級捨姨山的梯田，有著伯母多年耕耘的影子，因為美麗的梯田是如母親的伯母耕耘多年賴以維生的地方，美麗的梯田就如母親一樣養育男子多年。

　　處於醫學、物資缺乏的時代，其伯母的腰背長年在梯田耕作，更是日益彎曲，其彎曲的身影是母親呵護孩子、梯田的代價。然而梯田美麗依舊，守護者卻日益衰老，新任的梯田守護者怎能扼殺養育的伯母呢？生長在美麗梯田、明月之下的孩子，竟是如此地無情，起了狠心之念，對伯母養育之情情何以堪？男子自覺形慚，因此美麗的故鄉明月加重我的哀傷「無法撫慰我心」。

## ㈡〈養老乃瀧〉

　　〈養老乃瀧〉出自《古今著聞集》、《十訓抄》。《古今著聞集》於1254年成立，編者為橘成季；《十訓抄》於1252年成立，作者不詳。〈養老乃瀧〉的作者不詳。

　　孝敬父母，滿足父母一點喜好，是這個故事的中心思想；孝子的一片孝心，感動天地，湧出美泉。故事中的地點，日本確實有其天然美泉的瀑布之實，因此整個故事非常富有人文氣息，刻畫出日本美景與天人交融的佳景。

　　天皇任用男子為地方太守，男子變成地方的守護神，天皇這一美行加成了好山、好水、出賢人之效。天皇的美舉，加上他的封地封號，天皇的威信、年號，都能隨著這瀑布自然之美、人文故事之美，名播天下；所以，人文美景之傳說可說加強了整個故事的想像力。

　　在物資缺乏的時代，這一美泉瀑布的發現，也彷彿說明天地降下恩澤，雖然美泉瀑布如酒，但其恩澤意義並非在於美酒源源不絕，滿足人們飲酒之欲；而是在於泉水甘甜，能夠淨化人心之效。喝到這泉水的

人，就能感受到天地賜給人心之美、天地之美，進而能夠感謝造物主給予的美好自然，「飲水思源」更加愛自然、保護自然。

## 五、習作

### (一)〈捨姨山〉

1. 故事中的伯母為何腰彎曲？
2. 故事中的夫妻關係為何？故事中的母子關係為何?
3. 親子血濃於水的力量，勝過夫妻之情？
4. 生命、自然的守護者，一代傳一代，究竟擔任一家之主的男主角該如何讓一家和樂過日子？反觀現實中的你，你是故事中的哪一角色？你又將如何看待這一幕？

### (二)〈養老乃瀧〉

1. 男子因何故發現美泉呢？
2. 美泉真的是美酒？美泉的意義象徵了什麼？
3. 日本以優美的自然聞名，然物資缺乏的時代，養老瀑布之涵義為何？

# 日本文學與人生㈡
## 日本文學中的教育

王綉線

## 一、導言

　　家庭教育及學校教育，可說是影響人一生最為深遠，特別是對小孩子更為尤甚，因為當小孩還沒有正確判斷能力處理自己的未來時，教導者或教育者的引導就非常重要，否則很容易扼殺小孩先天的優點，甚或毀掉其他一生。

　　身為教育者應該時常反問自己在教導什麼？因為有人是當了父母才思考如何當父母，如何教育小孩，亦有人當了老師才思考如何當老師。教育當然是要打開小孩想要打開的那一道窗、一條路，將無形化有形。其最重要的是要懂小孩在想什麼？哪裡碰到困難？如此才能適時地打開小孩的心靈，指引小孩往前走。

　　文學中的教育是豐富的，因為文學可寓教於樂，發人省思。不管正面教育的文學，或負面教育讓人省思的文學，都令人玩味不已。日本近代文學中，主張新理想主義的「白樺派」作家中，特別是志賀直哉、有島武郎，在他們的作品〈清兵衛與葫蘆〉、〈一串葡萄〉，都描寫了非常細膩動人的教育議題。

　　兩位作家呈現不同風格的教育寓意，前者點出封建時代，家庭、學校教育體制的封閉，父權體制下的教育權威。後者點出日本明治時期思想開放下，女性教育者如何處理日本小孩偷竊外國小孩顏料的糾紛；如何讓小孩知錯、認錯，又能讓雙方和好，讓知錯的小孩不會因為自己羞

恥而不願回校上課，彰顯出女性教育者的教導巧思及春風化雨。

　　兩篇小說都呈現了小孩最誠摯的童心、追求心中藝術的歷程、對藝術的興趣及執著。「望子成龍，望女成鳳」雖然是大多數父母對孩子的期望，但若教導者或教育者能夠引導小孩發揮他的興趣或專長，相信小孩未來的學習及人生會更快樂。縱使一時的興趣，不一定能帶來什麼大成就，但是其興趣往往跟著他的人生，以不同的形式呈現自我及生命，就像是本單元的選文〈清兵衛與葫蘆〉的主人翁，他的藝術興趣呈現多元化。

　　「藝術」往往賦有藝術物本身及表現者的生命創造力，可說是生命的交融。所以小孩剛萌芽的興趣切勿扼殺它的小生命，不妨試著觀察、鼓勵，看看藝術的種子能夠發芽成長到什麼程度。

# 二、範文

## 〈清兵衛與葫蘆〉

　　〈清兵衛與葫蘆〉的作者為志賀直哉，故事大綱如下：

　　一位叫做清兵衛的小孩很喜歡葫蘆，也很擅長製作葫蘆，喜歡買尚未加工帶皮的葫蘆，回家自己加工。從切開葫蘆口，取出裡面的種子，做塞子，用茶銹去除葫蘆內臭味，他都做得很純熟。

　　清兵衛有十幾個帶皮葫蘆，價錢從三、四錢到十五錢不等，這些都是他下課後遛達到街巷的古董店、青菜店、家庭用品雜貨店、零嘴店或葫蘆專賣店等找到的。他對葫蘆非常著迷，著迷到有一次逛街，把一位禿頭的老人家當作很漂亮的葫蘆。當他自己發覺時，也不禁地大笑不已。

　　清兵衛對老舊的葫蘆一點興趣都沒有，只喜歡從帶皮的葫蘆製作成自己喜歡的模樣。然而，一旁看著清兵衛熱中葫蘆的大人，只認為清兵

衛是個小孩，不應該學大人玩葫蘆，更不該評價大人馬琴[1]的作品。有
一天，清兵衛在小巷的老婆婆攤子，從二、三十個葫蘆挑了一個普通卻
讓他振奮不已的葫蘆。由於當時沒帶錢，回家拿錢時，還特別拜託老婆
婆千萬不要賣給別人那個葫蘆。

　　自從買了那個葫蘆，清兵衛他就愛不釋手地早晚帶在身邊，隨時加
工，最後連上課時，也在桌子下磨那個葫蘆。有一次被修身課[2]的任課
老師發現，當場被沒收了那個花了很多心思和時間的葫蘆；老師還大聲
地叫嚷、大發雷霆，講他「反正將來不會是個有出息的人」。修身課老
師是外地人，對當地人愛好葫蘆的風氣，很不以為然；但對自己喜好的
聽戲，卻可以連續三天去聽，對學生在操場上唱戲，也不會發大脾氣。

　　葫蘆被沒收後的清兵衛，帶著鐵青的臉回家。修身課的老師還不
甘罷休地跑到他家，在他媽媽面前教訓清兵衛，甚或嚴厲責備清兵衛的
母親，在家裡就要禁止清兵衛玩葫蘆。他母親惶恐地聽著，清兵衛更恐
懼，嘴唇顫動綣縮在房間的角落，因為他擔心老師發現背後吊在柱子上
已整修好的葫蘆。

　　老師離開後，母親不諒解，加上父親回來後的責罵、痛毆，清兵
衛從此之後，不再玩葫蘆，改為畫畫。因為父親拿了大鐵鎚，一個一個
敲破他精心製作的葫蘆，敲碎他製作葫蘆的心。但是，被沒收的葫蘆價
值，卻告訴大家清兵衛的藝術天分，教師把那葫蘆視為骯髒物，扔給了
年老的校工；年老的校工賣給古董店；古董店的老闆賣給地方的有錢
人。其結果是，清兵衛用十分錢買來經過他巧手加工的葫蘆，最後賣到
六百塊。但是，清兵衛卻不能也不敢再玩葫蘆了，而他的父親又快對他
熱中繪畫這一事要嘮叨了。

（摘譯自：志賀直哉著，〈清兵衛と瓢箪〉，《清兵衛と瓢箪・
小僧の神樣》，東京：集英社，2007.3）

# 〈一串葡萄〉

〈一串葡萄〉的作者為有島武郎，故事大綱如下：

每到秋天葡萄泛紫，果皮撲上美麗的果粉時，「我」總會想起小學最喜歡的老師。那是發生在小學的某年秋天，住在日本橫濱的日本小孩——「我」從小就愛畫畫，橫濱是個住有外國人的城鎮，有外國人工作，有外國學生就讀。我喜歡上下學時的沿海美麗風光，不時駐足欣賞。一回到家就馬上嘗試畫下映在心中的美麗景象。但是，無論怎麼畫，我的顏料總是畫不出那近乎清澈透明的藍海色，以及塗在洋式帆船近水平面上的洋紅色。

我發現了可以畫出我喜愛的海藍色及洋紅色的顏料了，就在比我大二歲、比我高的洋同學吉姆的顏料中——一盒上等舶來品的西式顏料中。吉姆的兩個顏料真是美極了，只要有了那二個顏料，我一定可以將畫畫好。可是，那麼美的顏料，我又不敢跟父母開口說要買，而我卻渴望用吉姆的顏料完成我夢想中的真實畫；那美麗的顏料一直盤據我心頭，讓我心痛。這渴望的心情終於爆發了，鬼迷心竅地動手拿走吉姆的顏料。趁著同學吃完午飯都到操場玩耍時，胸口撲通撲通、半夢半醒的我摸到吉姆桌子旁邊，打開桌蓋子，打開顏料盒，拿走夢中的那兩個顏色，急忙離開。

顏料拿到了，可是接下來的一堂課，我坐立不安，心神不寧；吉姆也馬上發現他兩個顏料不見了。下課後，我被班上最高大、成績最好的同學帶去操場角落，接著吉姆和他的一群同學圍著我質問，因為午休時只有我一個人在教室，他們認定一定是我偷的。我撒了謊，紅著臉；他們想從我的口袋中掏出那兩個顏料，我拚命地抵抗。但寡不敵眾，不一會兒，我的玩具，還有那兩個顏料，硬是一起被掏出；同學們憎恨地瞪著我，我也不知所措，不由自主地全身哆嗦，一個人無助地哭起來了。

　　同學們看到我一哭，那位成績很好身材又高大的同學，以及看著我擠著讓我不能動彈的同學們，硬是把我拉上二樓辦公室，拉到我喜歡的級任老師面前。發現不對勁的老師，平常溫柔的表情，變成有點暗淡，認真地問我發生的事情是真的嗎？我無法向最喜歡的老師坦誠，僅能用哭泣代替回答。老師了解此時哭泣的我，無法面對老師、同學，更無法言喻，所以老師請同學先離開，試圖讓我心情沉靜。老師靜靜站起，抱住我的肩膀，小聲問我顏料是否已還？並反問我：不認為自己做的事是讓人討厭的事嗎？聽到此，縱使知錯認錯的我，還是無法讓最喜歡的老師看到自己糟糕的一面，眼淚不止地大哭。老師安慰我別再哭了，知道錯就好了，並允許我下一節不用上課。上課鐘響，老師拿起桌上課本，隨手摘了一串二樓窗前葡萄藤上的洋葡萄，放在我的膝蓋後，靜靜離開；讓我可以單獨在老師的辦公室沉澱心情，不受外面的任何指責。就在一邊難過傷老師的心，一邊痛哭中，我昏昏沉沉地睡著了。不知何時，肩膀一陣輕輕搖動，老師告訴我該回家了，老師也告訴無論明天有什麼事，一定要來上課，並把葡萄悄悄地放入我的書包。回家路上，我一如平常地欣賞風景，不同的是今天有老師的葡萄相伴……。

　　第二天一起床，滿腦子不想上課的我，卻想不出任何好理由不去學校。頭腦昏昏地想起昨日跟老師道別時老師特別的叮嚀，為了不想讓老師失望，為了希望再看到老師那溫柔的眼神，我提起精神不知不覺地走到校門口。一到門口，吉姆竟然飛奔過來跟我握手，我覺得不安；吉姆慌亂地帶我去老師的辦公室。老師打開門看到我倆時，非常高興地誇獎我是好孩子，也說了吉姆不會介意，今後只要好好做朋友就好；吉姆也再次握了我的手。老師看到我跟吉姆和好的模樣，笑咪咪地問我昨日的葡萄好不好吃，聽到「嗯」的回答，老師滿心歡喜地立刻隨手拔了窗外的一串葡萄，用細長的銀色剪刀剪成兩份，一份給我，一份給吉

姆……。至今,我都忘不了老師那雪白手心上放滿紫色葡萄的美麗模樣……。

(摘譯自:有島武郎等著〈一串葡萄〉,《小僧の神様‧一串葡萄》,東京:講談社,1995.8)

## 三、解釋

1. 馬琴:曲亭馬琴(1767〜1848)是一位日本作家,本名為瀧澤興邦,「曲亭馬琴」為其使用的許多筆名當中的其中一個,出生於日本江戶(今東京)。曲亭馬琴的著作中《南總里見八犬傳》最為著名,自1814年寫起、1842年完成,共花了28年才完成此書。

2. 修身:授課內容為道德教育,相當於「公民課」。

## 四、賞析

### ㈠作者簡介

1. 志賀直哉

　　志賀直哉(1883〜1971)出生在宮城縣。畢業於東京大學英語文學系,白樺派的代表作家之一。排行次男,因兄長夭折,所以一直被視為長男養育,由祖父母養育成人。特別是母親在他十二歲去世之後,祖母代替母職,因此父子之間有著如兄弟關係的錯覺,因而埋下日後和父親對立的種子。

　　白樺派是日本現代文學中的重要流派之一,為創刊於1910年的文藝刊物《白樺》為中心的作家、美術家所形成。該流派主張新理想主義為文藝思想的主流,該派的作家主要有有島武郎、志賀直哉等人。

2. 有島武郎

　　有島武郎(1878〜1923)是近代小說家,出身日本北海道大學。他

生於東京，後移籍橫濱，幼年入讀橫濱英和學校。學習院畢業後，有志於農學發展，故就讀札幌農業學校。在學期間，深受內村鑑三的影響，於1901年信奉基督教。1903年赴美留學，就讀哈佛大學，喜好西歐哲學與社會主義文學。1907年歸日後參與文藝雜誌《白樺》的編輯工作，是白樺派的代表人物，他的作品〈一串葡萄〉是日本人耳熟能詳的作品。

## ㈡選文賞析

### 1.〈清兵衛跟葫蘆〉

〈清兵衛跟葫蘆〉是日本家喻戶曉、膾炙人口的短篇小說，作品中很容易嗅出對「家庭教育」及「學校教育」的父權批判。

本文主要說明清兵衛透過葫蘆表現他的藝術天分，第一段就點出清兵衛由葫蘆轉移到繪畫，其原因以倒敘的方式表現。接著描述清兵衛喜好葫蘆的程度，已進入錯將禿頭當葫蘆，四處找喜愛葫蘆的沉迷境界。

其次以馬琴的葫蘆為例，點出清兵衛認同的理想藝術葫蘆與大人所認知的不同；並以清兵衛購買的一個十分錢葫蘆，經他的巧手變成最後以六百塊錢高價賣出的例子，來說明清兵衛的藝術潛力無價；同時由此描寫對藝術價值不懂的修身課老師及父母，批判大人對清兵衛藝術教育的不當。其父母更不應將清兵衛的葫蘆打破，因為姑且不論藝術價值如何，這將成為伴隨清兵衛成長的陪伴物，何需打破呢？

所幸清兵衛沒有丟掉藝術，將葫蘆的藝術轉移至繪畫，其共通點一樣是對藝術生命的執著，若將來能碰到一位懂藝術的老師那就好了。但問題是家中的父母要如何教導他們的小孩呢？這不禁告訴我們教育不見得是藝術的啟發。

### 2.〈一串葡萄〉

與〈清兵衛跟葫蘆〉中的教育相反，〈一串葡萄〉的「我」也喜歡藝

術，不同的是，一心想要畫好畫的我，偷了吉姆的顏料。因為老師的適當處理，不僅留給我自我反省的空間及時間，也不會因為我求好心切做錯事而痛斥我，扼殺我的興趣；反而巧妙地讓吉姆退讓一步，不計前嫌，讓吉姆主動跟我和好親近，能夠一掃畏懼到校讓人嘲笑的陰霾。老師摘葡萄的模樣，以及老師那雪白手心放滿紫色葡萄的美麗模樣，都烙印在當時我脆弱的心靈上；紫色葡萄滋潤了我心中追求藝術美的創傷；那雪白襯托出紫色葡萄的美麗之手，更是撫平我及吉姆陰霾的美麗之手；雪白之手，紫色葡萄，是我人生受挫時，幫助我的最美麗景象，美麗又自然地引導走向藝術之路。

〈一串葡萄〉中的老師，溫柔理性地教導學生，懂得教育學生，也懂得尊重學生的興趣。〈清兵衛跟葫蘆〉則反之，老師既不懂引導清兵衛，又剝奪了他創作藝術的空間，扼殺了他的興趣及天分。除了教育與藝術的描寫，兩部作品中的葫蘆創作、紫色葡萄的心靈滋潤，都說明了小孩從自然中觀察學習到藝術之美及心靈的成長；小孩的自然之心、純樸之美，讓作品更添加了淨化人心之美。

## 五、習作

### (一)教育與父權

1. 清兵衛的葫蘆為何被沒收了？為何被打破了？
2. 清兵衛被老師責備之前與之後，清兵衛的父母親的態度如何？
3. 如果你是清兵衛的父母親該如何教導清兵衛？

### (二)藝術與教育

1. 清兵衛手製的葫蘆有價值嗎？價值在哪裡？
2. 〈一串葡萄〉中的老師如何技巧性地化解「我」與吉姆的陰霾？

# 日本文學與人生㈢
## 中古文學與宮廷貴族文化

洪雅琪

## 一、導言

　　日本文學史的中古時代（又稱平安時代），源自794年遷都平安京至1192年源賴朝將軍開創「鎌倉幕府」為止，大約四百年左右的期間。這個時期，由天皇為首的貴族進行統治，其中藤原家族為了攝政掌權，不斷將女兒們送入宮下嫁天皇，使自己成為外戚身分而鞏固政治上的實權。為了讓女兒們接受高等的教養，除了當時貴族兒女均需施以書法、音樂、和歌等基本教養以外，還必須具備深度的漢詩與漢文學的陶冶。因此，擔任這些入宮貴族女兒的教師，多以女性為主，也使得此時期產生了許多的才女文官。包含在日本文學中極具重要地位的隨筆、物語、日記文學、和歌等作品，所謂「女流文學」之興盛源自於此。舉例而言：清少納言的經典隨筆《枕草子》，紫式部的傑作《源氏物語》、《紫式部日記》，和泉式部的代表作品《和泉式部日記》，以及六歌仙之一的小野小町所著的和歌等不勝枚舉。

## 二、範文

### ㈠《竹取物語》（たけとりものがたり）

　　《竹取物語》為平安時代初期的物語，作者不詳。估計大約完成於西元九到十世紀之間，公認為日本文學史上最早的物語小說。故事描

述某位伐竹老翁在竹林裡發現一名小女孩，將其扶養成人。後來，清新脫俗的姑娘受到五位貴族公子的熱烈追求，分別各出了一些難題予以擊退。甚至連天皇也來追求她，然而最後月圓之夜，姑娘披著羽衣升上月宮。如此美麗動人的故事，至今仍廣為流傳。

　　《竹取物語》的故事情節大致如下：古時候，有位以伐竹謀生的貧困老翁，某天在山上發現竹林中有一根竹子的根部閃閃發光，覺得很奇怪不由得向根部砍去，沒想到竟然裡面出現一位三寸大的可愛小女娃。老翁感到既驚訝又高興地將她帶回家中，給她取名為「かぐや姬（赫夜姬）」[1]，與老伴兩人將她當成親生女兒般細心撫養，此後，每當老翁上山伐竹時，經常可挖到黃金，生活也逐漸富裕起來。才僅僅三個月的時間，小女娃便已長大成人，並且成為亭亭玉立的美麗姑娘，其出眾的姿色容貌，吸引了不少當地老百姓的注意。各家許多公子紛紛慕名前來，都想與她見上一面，其中更是有五位貴族公子，都想向赫夜姬求婚，老夫妻只好請赫夜姬出題從五位中選一個夫婿。為了考驗他們五人，赫夜姬分別讓他們去完成一項相當困難的任務，然而終究沒有一人能夠完成。後來，天皇也聽到了有關赫夜姬的傳聞，為了表達愛慕之情，他派遣一名使者前去致意，卻受到姑娘的拒絕。但天皇仍未死心，每天派人送來許多和歌書信，希望能藉此打動姑娘的心。不久，當八月十五夜即將到來，赫夜姬難過地向老夫妻說明：自己本是天上的仙女，因有約定在人間而下凡，如今返回天庭的時辰已到，將會有使者前來迎她回宮。老夫妻得知此消息後十分哀傷，趕緊派人通知天皇。為了阻止赫夜姬回天庭，天皇派遣了兩千名的士兵守在老翁家，但午夜時分一到，只見夜空中降下兩位仙人使者，給赫夜姬披上羽衣，赫夜姬再次向老夫妻表達感謝養育之恩，並將不死之藥和一首和歌託附請人轉交天皇，便隨仙人使者升天而去。天皇讀了赫夜姬所寫的和歌後，悲痛欲絕

地說著：「如果不能和姑娘再相見，長生不老又有何意義？」因此下命將不死之藥與書信，拿到離天邊最近的「駿河の國」²之最高峰燒掉。沒想到那白煙竟直沖天際，且綿延不絕。從此，這座山被稱為「不死の山（不死之山）」³。

## ㈡《枕草子》（まくらのそうし）

《枕草子》，平安時代中期的作品，是宮廷女官清少納言最具代表性的隨筆集，大約完成於西元995年。其出身和歌世家，父親為《後撰集》⁴作者之一的清原元輔，自幼於文學方面的造詣超凡，而後出仕一條天皇中宮「定子」。《枕草子》一書共計三百餘段，內容涵括了四季、自然景象、身邊瑣事、宮廷中的男女之情等，是清少納言擔任女官長達十年的宮廷生活見聞與回憶錄。此書與紫式部的《源氏物語》⁵被譽為平安文學的「雙璧」。其第一段的大意如下：

春天，最美的時刻是在黎明之際。此時，東方天空逐漸發亮，遠方的群山也漸露形狀，一抹雲彩淡然地懸掛於空中。

夏天，最美的時刻是在午夜時分。不論月圓與否，深夜裡眾多的螢火蟲翩翩起舞，此景令人著迷。即使夜裡降下小雨，也別有風情。朦朧細雨之中，閃耀於螢火蟲飛舞之際。

秋天，最美的時刻是在黃昏。當夕陽西下之時，總有離巢的烏鴉，三三兩兩地歸去，令人沉寂；此外，天空尚有逐漸遠去的雁群殘影，更令人無限感慨。夕陽照映下的大地，伴隨風聲、蟲鳴之音，最令人愁悵。

冬天，最美的時刻是在清晨。不論是落雪滿地的清晨也好，或是無雪又無霜的刺骨早晨，都需生炭火。當兩手抱著火盆，一

步步地穿越過宮中迴廊時，此景交織在寒冬晨光之中，顯得十分祥和。正午時分，寒意漸消，壁爐和火盆內的炭火早已燒成灰燼，令人幾分落寞。

## ㈢《古今和歌集》（こきんわかしゅう）

《古今和歌集》（簡稱《古今集》）大約完成於西元914年，是日本最早的敕撰和歌集。本書共收錄一千餘首作品，是以「紀貫之」為首的宮廷詩人奉醍醐天皇的敕命開始進行編撰。按季節和內容分成二十卷，有別於《萬葉集》[6]的樸素雄渾之風格，多以戀歌為主，歌風優美細膩，帶有濃厚貴族氣息。其撰寫和歌宗旨的序言[7]架構，為後來數百年的和歌發展影響深遠。

◎憂思逢苦雨，人世歎徒然。

　春色無暇賞，奈何花已殘。

（小野小町[8]　卷2-0113）

◎秋來猶不見秋色，瑟瑟秋風到耳邊。

（藤原敏行　卷4-0169）

◎古池塘，青蛙入水，發清響。

（松尾芭蕉）

◎待到五月桔花開，花香牽人懷，故人衣袖香猶在。

（読み人知らず　卷3-0139）

◎山中掬溪水，瀲瀲濕衣袖。

　今日東風起，冰消化清流。

（紀貫之　卷1-0002）

◎主君鴻運永不衰，千代八千代。

　　直到碎石成巨岩，岩上長青苔。

（読み人知らず　卷7-0343）

（本文引自劉德潤等著（2003），《日本古典文學》，外語教學
與研究出版社）

# 三、解釋

## ㈠《竹取物語》

1. かぐや姫：譯作「赫夜姬」，在《萬葉集》的第16卷，有一首長歌記載著竹取
   老翁詠嘆仙女的情節，和《竹取物語》有關。
2. 駿河の國：即現今的靜岡縣。
3. 不死の山：日文「ふしのやま」，即「富士ふ山（ふしのやま）」，意指富士
   山。

## ㈡《枕草子》

1. 後撰集：西元951年奉村上天皇的敕命，由大中臣能宣、清原元輔、源順、紀
   時文、坂上望城（合稱梨壺之五人），共分成二十卷，計1425首的和歌集。
2. 源氏物語：平安時代中期的物語文學作品，為女作家紫氏部的曠世傑作。成書
   約在西元1001～1008年間，也是日本最早的長篇小說。計54帖，內容描述以
   「光源氏」為主角的皇子與其一生周遭的女性之間的愛情糾葛。

## ㈢《古今和歌集》

1. 萬葉集：是現存最早的和歌集，由大伴家持、柿本人麻呂等著名歌人編纂，收
   錄自仁德天皇起至淳仁天皇（759年）為止，大約三百五十年間的四千五百餘
   首長歌、短歌，計二十卷。依內容可分為雜歌、相聞、挽歌等。
2. 序言：《古今和歌集》所收的和歌，均分卷設題，並列出作者姓名，奠定日後
   敕撰和歌集的書寫模式之典範。

3. 小野小町：名列六歌仙之一。出羽邵司小野良真之女，和歌創作頗多。

# 四、賞析

## ㈠《竹取物語》

于長敏教授曾經提到，民間的傳說或故事，來自於一個國家或民族的生活體現，以及思考模式。因此在《竹取物語》出現以前，日本當時的社會為一夫多妻制，且盛行所謂的「妻問婚（訪妻婚）」，婚後丈夫大多採行至各妻子的家中夜宿的模式。因此，在《竹取物語》中也見不到傳統中國式的夫妻團圓景象。

再者，劉德潤等（2003）表示，《竹取物語》的題材，應該起源於印度，與當時的宗教藏傳佛教的傳布路線有關，自印度越過喜馬拉雅山，並廣為流傳於藏民區。據說印度自古有個「菩提樹姑娘」的故事，後來傳入四川，成了「斑竹姑娘」的前身，此論是否屬實仍無定解。然而，於史書也曾有關日本和尚至成都的記載，由此或許可窺探出《竹取物語》與中國傳說之間的密切關係。

## ㈡《枕草子》

《枕草子》全篇三百餘首，其中又以第一段描述四季最美的時辰，自古以來最令人稱道。此段以清新高雅的大自然之美與四季交互呼應，令讀者莫名感動。

《枕草子》經常被拿來與象徵「あはれ／あわれ（哀愁美感）」的《源氏物語》作為比較。清少納言的「をかし／おかし（理性賞析）」手法，開拓了日本隨筆文學的興起，包含之後的《徒然草》、《方丈記》以及近代隨筆文學，都深受其影響。

## ㈢《古今和歌集》

　　《古今和歌集》除了收錄紀貫之、藤原敏行、小野小町等著名歌人的作品之外，另還收錄許多無名氏的作品，約占四成左右。例如〈卷3-0139〉的「待到五月桔花開，花香牽人懷，故人衣袖香猶在」文中，「故人」意指初戀的人，當夏天的桔花飄香時節又來臨時，每每聞到野桔花的芳香，就令我不禁想起那位初戀的姑娘，她的衣袖間總有一股桔花的香氣令人陶醉。據說當時的貴族們十分流行「薰物」手法，將衣物用花香熏上。另一方面，小野小町的〈卷2-0113〉「憂思逢苦雨，人世歎徒然。春色無暇賞，奈何花已殘」作品之中，善用「掛詞」的技巧，也是《古今集》的一大特色。而藤原敏行的「秋來猶不見秋色，瑟瑟秋風到耳邊」此首和歌，另有一譯本，翻譯家楊烈（1983）指出：「《立秋日》秋日暗自來，展目難明視，一聽吹風聲，頓驚秋日至」，不僅可以藉此看出日本人對於季節的敏銳觀察力，還先後捕捉到聽覺與視覺的差異，充滿了日本式的傳統美感。此種獨特而敏銳的聽覺觀察，也孕育出了之後的松尾芭蕉等俳句詩人。再者，紀貫之的這首寫於立春之日的和歌〈卷1-0002〉「山中掬溪水，濺濺濕衣袖。今日東風起，冰消化清流」，從楊烈先生的譯本中：「〈立春〉夏秋濕袖水，秋日已成冰，今日春風起，消融自可能」，更能看出只用了短短的三十一個假名便道出了一年四季之不同變化，令人讚嘆不已。他的和歌理論與技巧，成為後世歌詠的重要指標。最後一首無名氏的〈卷7-0343〉「主君鴻運永不衰，千代八千代。直到碎石成巨岩，岩上長青苔」，直至今日每逢慶典、傳統技藝比賽、迎接國賓等重要場合，均會演奏「君が代」，衍然已成為日本的國歌。

# 五、習作

## ㈠《竹取物語》

1. 試比較看看中國的「斑竹姑娘」與日本的《竹取物語》有何異同之處？

## ㈡《枕草子》

2. 試比較看看西洋的「essay」一詞與日本的隨筆有何不同？

## ㈢《古今和歌集》

3. 試從《萬葉集》進化到《古今和歌集》的角度，討論具何種象徵性意義？

# 日本文學與人生㈣
## 日本近代文學之導覽

洪雅琪

## 一、導言

　　從日本的文學史劃分，大致以1868年的明治維新作為分水嶺：明治時代以前的文學，稱之為古典文學；明治時代以後的文學，則叫作近代文學。此兩種文學主要的差別在於：古典文學所用的是文言體的古文，而近代文學在「文言一致運動」的推波助瀾之下，除了明治初期尚使用古語文之外，已改為使用現代文（即口語文）。

　　近代文學依天皇統治時期不同劃分成明治時代（1868～1911）、大正時代（1912～1926）及昭和時代（1927～1964）。本章精選明治、大正、昭和戰前之具代表性作品研讀，將作品內容、作者及時代背景加以扼要介紹，內容包含夏目漱石、武者小路實篤、和川端康成等重要作家。

## 二、範文

### ㈠明治時代——夏目漱石之《吾輩是貓》

　　《吾輩是貓》是夏目漱石的第一部長篇小說，採用擬人法以一隻無名的貓「吾輩」之觀點，描述飼養於中學教師之家的所見所聞，具詼諧、諷刺、批判性的語調。呂興師、王正東在〈論日本近代文學巨匠夏目漱石〉專文中提到，夏目主張為探索人和社會的真實，應把虛構作為

認識現實的手段，在日本這塊土壤上培植二十世紀文學。他的作品或幽默、或諷喻、或恬淡、或深沉，雅俗並賞。

故事情節的展開如下：「我是一隻貓，沒有名字的貓，連出生在哪兒也不曉得。只記得曾在某個昏暗、潮濕的地方哭喊過。我就是在此第一次見到叫作『人類』的生物。後來聽說他被稱作為『書生』，是人類之中最兇惡的一族，他們常會把我們捕捉來烹食。當時的我，因為不知情，所以也沒特別恐懼……我心裡不禁納悶：『好奇怪的生物呀！』，那張臉竟然沒有半點毛，而是光溜溜的，就像水壺般。後來我也遇過不少貓，但也沒見過像那樣的臉。」

沒過多久，我被書生遺棄後因緣巧合住到一位中學老師的家裡。我在這個家，除了主人以外，很不討喜。直到今天，仍不給取個名字。

全篇共十一章，首章提到主人有個喜愛四處吹牛的美術家朋友，叫作迷亭先生，他引用義大利畫家的名言，鼓吹主人進行自然景物的寫生。主人信以為真地以吾輩作模特兒，但依然失敗。最後，自稱吾輩的這隻貓下了一個結論：和人類住在一起，愈是觀察他們，愈是覺得他們是一種任性的生物。

第二章則是敘述主人、他的學生寒月，以及美術家迷亭先生三人之間的談話，內容說到迷亭先生在接到母親的家書後，因想寄信而出外散步時，不自覺地產生尋死的念頭，當走到三番町的一棵經常有人上吊的松樹下，正準備上吊時，因想起與友人東風先生的會面約定，覺得應先行履約後再來上吊。沒料到第二次再來到松樹下時，已被其他人搶先一步上吊了，於是他只好作罷。而學生寒月也提及曾有類似的奇妙經驗，某天寒月在吾妻橋上望著橋下河水，突然感覺水裡有人正在呼喚著他的名字，因此不禁很想朝河水跳下去，一時之間卻因為弄錯前後方向，竟然跳到橋的中央，而僥倖逃過一劫。後來，主人也接著分享一段類似的

經驗，去年十二月下旬的某天，主人被老婆央求帶去聽「攝津大椽」¹的戲曲，正當準備出門之際，突然間全身發生惡寒，頭昏眼花無法行走；然而等到戲曲的開演時間一過，病情竟馬上痊癒。吾輩這隻貓對於以上三人的對談，輕蔑地批評說道：「主人、寒月和迷亭先生這些人都是太平盛世的百姓，雖然外表看來，他們彷彿像是絲瓜般地隨風搖擺，假裝一副毫不在乎的樣子，事實上呀，他們還是有頑強的好勝心，從他們的言談之中便可窺出一二，甚至他們跟自己平時痛罵的那些俗世的庸人，根本是一丘之貉。從貓兒的觀點看來，實在是可悲極了！」

## ㈡大正時代──武者小路實篤之《友情》

　　《友情》是作家武者小路實篤廣受大眾喜愛的一部長篇小說，於大正八年十月至同年十二月，在大阪的《每日新聞》中連載，翌年四月由文社書局出版發行，內容描述大宮、野島與杉子小姐三人之間的愛與友情的拉距情節，故事主要可分成上、下兩部。上半部敘寫野島暗戀杉子小姐，進而展開熱烈追求的過程；同時另一方面，野島的知心好友大宮，為了鼓勵並促成野島的愛情，選擇離開日本躲到國外。下半部則以書信方式呈現，大宮在得知杉子小姐的告白後，基於友情道義的趨使下，不斷地婉拒杉子。然而，最後大宮決定拋開自我壓抑，順從內心的渴望，接受兩人的真愛。

　　故事內容是如此展開：劇本家野島在一次偶然的機會之下，遇見了清新脫俗、氣質非凡的友人妹妹，名叫杉子。野島打從第一眼就愛上了她，忍不住便向至交大宮吐露他的愛慕之意。

　　大宮是一位個性正直、重友情的好男兒，為了解決好友的戀愛煩惱，立刻答應幫忙促成野島的好事。後來，當夏季一來臨時，大宮馬上力邀仲田和杉子兩兄妹以及野島，到他位於鎌倉海邊的別墅來度假。大

宮本想藉此大好機會，安排野島和杉子多相互了解、培養感情，沒想到，經過幾天的相處後，卻發現杉子反而對大宮產生了好感，令大宮很為難。但大宮仍鼓勵野島勇敢追求杉子，並藉他想要出國遠行的計畫，試圖化解三人間尷尬的氣氛。某天，心情落寞的野島獨自一人來到海邊散步，正巧遇到前來旅遊的杉子，杉子告訴野島：「大宮先生一直在我面前很讚許您的為人喔！」野島聽完後，感到十分愉快。他內心想著，很感謝大宮，也感謝周圍所有的人，他向神禱告說：「神呀！我願意盡我一切的努力來為您工作，但只求您一件事，就是讓杉子屬於我一個人吧！千萬別讓杉子離開我，求求您憐憫我這個畢生的心願，別奪走只有杉子能帶給我的幸福啊！」

大宮出國後經過一年，野島鼓起勇氣向杉子求婚遭拒。爾後又過了一年，野島得知杉子也出國的消息。不久，野島就接到大宮從巴黎寄來的信件和一部小說。大宮在這部小說裡，描述大宮與杉子兩人之間的往返書信內容。大宮在寄給野島的信中寫道：「這是我投稿某雜誌的小說作品，請你就依這部小說來仲裁我們兩人吧。」以下是大宮和杉子的書信往來之一小部分。

大宮：「我真的不知該如何回信給妳，讓我感到很困惑，對野島很過意不去，想和他私下商量，卻又提不起這種勇氣。對於朋友，我實在不能橫刀奪愛，因為這是背叛朋友的行為，尤其又是那樣信任我、仰賴我的好友。我真的不明白，妳為何會愛上我呢？是否因為我顧及野島的感受，對妳採取冷淡的態度，反而引起妳的好奇與喜歡呢？其實若沒有野島，我可能比他更會討好妳吧！我很猶豫這封信到底該不該寄，我覺得實在不應該寄給妳，但我還是決定要寄出去。我的好友野島呀～請你原諒我吧！」

杉子：「……大宮先生，在這世上有您，我真的很感謝神。全世界

沒有像我這麼幸福的女人了。下次再回一封長信給您，現在我實在太高興了，所以不知該寫些什麼。在這世上茫茫人海中，讓我能夠遇見您，真是我的福氣。我真的是很幸福！」

## ㈢昭和時代──川端康成之《雪國》

《雪國》是川端康成自昭和十年一月至十二年五月於《文藝春秋》、《中央公論》等雜誌中陸續發表的作品，另外加上戰後所執筆的〈雪國抄〉、〈續雪國抄〉，由創元社於昭和23年12月出版發行了單行本《雪國》一書。全篇以如詩如夢般的文體展開，文筆清晰優美，彷彿令人置身於銀白色的雪國世界。川端康成亦以此作品，成為日本史上第一位榮獲諾貝爾文學獎的作家。故事描述男主角島村和駒子、葉子兩位女性之間的一段清純的愛情，情節大致如下。

火車穿越過連接兩個縣的隧道另一邊，已是一片白皚皚的雪國景色。正當火車精準地停在信號所前，坐在對面位子的小姐起身將島村身旁的車窗開啟，一股冰冷的寒氣立即襲入車廂內，她把身子探出窗外，對著遠方呼喊著：「站長～站長～」

這時，有位男子手提照明燈，腳底踩著雪地，慢慢走了過來，他將圍巾裹住鼻子，耳朵則用帽子兩邊垂下的毛皮覆蓋著。

島村睜開眼，心想外面已經這麼寒冷了嗎？他望向窗外，只眺見有幾間好像是鐵路局員工的平房宿舍，分散座落在山腳下，而白茫茫的雪地還不到宿舍一帶，便被黑暗給吞噬。

島村是準備要到上越的溫泉度假，從車窗外傍晚景色的玻璃中，倒映出一位小姐正在照顧生病的青年，他們看起來像是要返鄉。島村被那位女子純樸之美深深著迷了。在夕陽光暉的餘映中所反射出來的小姐名叫葉子，而那位受她照顧的病人，其實是島村這次想去會見的女友駒子

的未婚夫，叫作行男。駒子曾向行男的母親學習傳統舞蹈和三味線[1]。
話說大約半年前，在上越溫泉認識駒子的島村，被她清純的心吸引，如
今再次造訪此地。據說駒子是為了籌措在東京生病的未婚夫行男的醫藥
費，才當藝妓。雖然島村一直認為駒子的努力終是徒勞罷了，但也正因
如此，更能發現她那純潔無償的美麗。

　　當時，島村正要返回東京的前一天，月亮高掛的夜晚，駒子從被窩
裡硬拉只想入眠的島村一起到外頭散步。道路早已結冰，村莊靜靜地躺
徉在寒冷大地的懷抱中。月兒彷彿像是藍白色冰塊中的刀刃，冷清地掛
在遼闊的夜空。

　　翌日一早，駒子穿著大衣加上白色圍巾，親自送島村到車站。於候
車室等車時，葉子突然匆忙地跑了進來，緊抓住駒子的雙肩說：「行男
的情況危急，妳快回去吧！」聽完當下，駒子馬上臉色慘白，但過了一
會兒，沒想到駒子卻回答說：「我是來送客，在火車還沒開走前是不能
回去的。」葉子茫然若失地望著駒子，從她那一臉嚴肅而認真的模樣，
看不出來到底是生氣、還是悲傷呢？

## 三、解釋

### ㈠《吾輩是貓》（わがはいはねこである）

1. 攝津大椽：本名為二見金助，藝名叫作南部大夫，明治三十五年小松親王賜名
攝津大椽，美聲男。

### ㈡《雪國》（ゆきぐに）

1. 三味線：日本的傳統樂器之一，三弦琴。

# 四、賞析

## (一)《吾輩是貓》（わがはいはねこである）

　　張和璧的研究《夏目漱石與林語堂之對照研究──「諷刺幽默的文學」與「性靈幽默的文學》針對夏目的文學性質描述如下：「漱石是批判性地繼承了「滑稽趣味」的文化傳統，而毫無那種以低俗心理去描寫玩樂的品性，漱石性格的基調始終是激昂的。」（pp.127）

　　夏目於33～35歲（1900～1903）獲得日本文部省公費前往英國專攻英國文學，期間明顯受到英國諷刺大師斯威夫特（Jonathan Swift, 1667～1745）的影響。綜合張和璧的研究結果可以得知，漱石的幽默基石主要是建立於下列幾項因素（筆者摘要自張和璧，pp.129-130）：

1. 落語（日本的傳統技藝之一，意指單口相聲）之趣味：漱石感佩落語名家小先生的寫實技巧、演技逼真。此正暗示著幽默與自然的關係，即使是在滑稽的作品中，仍然可見漱石對寫實的態度。
2. 滑稽本[1]的影響：漱石是道地的江戶人（東京人），生長在充滿江戶情趣的家庭，因其兄長經常扮演業餘的落語家，可想而知年少的漱石於日常生活中也一定經常接觸到滑稽本。
3. 俳諧（亦為俳句，是由五、七、五共十七個音節組成的短詩）之趣味：夏目漱石深悟新俳句的神髓，其創作非常得到正岡子規的讚譽。俳句不像枯木寒嚴般地冷酷，在其底層深處仍有暖暖人情味，只是被區區塵事糾葛無法行動，有著稍具滑稽的幽默性質。

## (二)《友情》（ゆうじょう）

　　楊惠雅的研究《武者小路實篤文學之研究──以青春小說為中心─》，選自明治、大正、昭和等時期，分別以《天真的人》、《友情》、《愛與死》三部青春小說為範本，研究作家武者小路實篤的人與

其文學特色。從《友情》當中發掘在「自然」的理念下，包括建設「新村」的理想在內，其轉向人道主義者的原因，並試圖定義出武者小路的個人主義，並找尋武者小路在「利己主義」與「人道主義」之間，取得平衡的方法。而有關《友情》的文學技巧，日籍學者後藤明生在〈《友情》の小說技術〉一文中也有諸多著墨。此外，楊惠雅於《愛與死》中探討整理武者小路邁入老年之後的人生觀，進而也想藉此釐清身為人道主義者的武者小路，在昭和時代對戰爭的態度，為何從反對立場轉向支持的理由。據楊惠雅的分析結果指出，從早期創刊的《白樺》雜誌，接著脫離強調自我犧牲的托爾斯泰主義、傾向利己主義、順應自然、調和利己及利他，到成為白樺派人道主義者此一漫長的過程，武者小路無疑地一直都秉持著「善用自我」的理念。

## ㈢《雪國》（ゆきぐに）

　　歷來有關川端康成的研究，除了以文學觀點發現小說中的美學意識——物哀[2]、生死觀點[3]等之外，也有從敘事學的角度切入，認為川端康成的小說顯然屬於以人物的心理情緒為中心，而非情節為中心的敘事作品。雷武峰《充滿禪味的隱喻世界——川端康成小說的符碼分析》和張春梅《女性中心的空間世界——川端康成小說的結構分析》的文獻指出：川端的小說敘事往往在同一時間有不同層次的變化發展，因此敘述的時間流動停止，顛覆了時間的順序性，使得敘事結構走向空間化，並以此為基礎建立一個以女性為中心的空間世界。

　　再者，臺灣研究學者鄭子瑜的《私領域中的行動女性：從語藝觀點看川端康成的小說》論文以《雪國》、《千羽鶴》為研究對象，探討川端康成筆下關於男女之間私領域[4]的情感生活，此兩部小說不僅在敘事中對於場景與氣氛的鋪陳與運用有其相似之處，更重要的是所安排的

男女角色有其共通之處。作者將川端康成的小說透過語藝[5]的面向，藉以看出這些女性故事背後隱含的理念。若將《雪國》與《千羽鶴》從敘事各個層次的探討，不難發現川端康成的敘事策略隱含於其敘事脈絡間，大致可歸結為「角色對比反差」、「角色形影合璧」、「保持距離的敘事者」、「角色在情節中的走位」等（筆者摘要自鄭子瑜，pp.151-154）：

1. 「角色對比反差」：主要以性別作為對比。小說藉由男性的匱乏與無所為來強烈襯托出女性擁有十足的行動力。

2. 「角色形影合璧」：在《雪國》中的兩位女性人物彼此勾勒出一個形影般、像是一體兩面的關係（如駒子之於葉子）。

3. 「保持距離的敘事者」：可以發現在川端康成小說的敘事框架與語法中，女性有多元的功能，不再只能擔負單一行動元的位置，且女性角色對環境的支配能力遠遠大於男性角色。如《千羽鶴》中，近子、雪子甚至文子都對生活環境中的茶道、茶室較為了解。

4. 「角色在情節中的走位」：《雪國》與《千雨鶴》兩部小說中的行動者，隨著情節發展而揭露出來的，不是角色性格的變遷，而是因行動的有無而至的變遷（如：生、死、得、失）。

## 五、注釋

1. 為江戶時代後期的小說之一，片段式地記載有關庶民生活裡諷刺、滑稽的故事情節。

2. 日本文學獨有的對空寂的追求，表現出感傷、悽愴、悲涼及孤獨等悲與美的菁華。美即悲哀，「物哀」指的是精神泉源所發出的「物心合一」的審美觀念，抒發一種悲與美的情懷，表現出人的真實感動（全賢淑，2005）。

3. 歷來相關研究可詳見：吳梅芳，《穆時英的都市人生與川端康成的自然人
   生》，華中師範大學中國現當代文學所碩士論文，2003；鐵穎，《川端康成式
   的意識流寫作手法的形成》哈爾濱理工大學日語語文文學所碩士論文，2007；
   吳小華，《生如夏花之絢爛　死若秋葉之靜美》，重慶師範大學比較文學與世
   界文學研究所碩士論文，2007。
4. 社會學家紀登思（2001）在《親密關係的轉變》中提到，隨著公私領域的分
   工，私領域成為女性展現力量的一個重要範圍。此處所指的「私領域」，包含
   了愛情、情感、家庭、婚姻等範圍。
5. 語藝（Rhetoric）觀點正可藉由文本的論述形式（form）與實質內容，來探討
   作者藉由文本反映了怎麼樣的世界觀以及價值觀（林靜伶（2000，p.7）。

## 六、習作

### (一)《吾輩是貓》

試找出中國的文學作品中，是否有以動物之觀點描述的滑稽作
品？與夏目漱石的《吾輩是貓》有何不同？

### (二)《友情》

試比較武者小路實篤的大正時期之代表作《友情》，至昭和時期
的《愛與死》的轉變為何？

### (三)《雪國》

試討論川端康成筆下《雪國》、《千羽鶴》等作品中的女性特質
為何，具何種意義？

# 日本文化與人生㈠
## 關懷互助的智慧

黃頌顯

## 一、導言

　　若要以一個漢字來代表日本強盛的祕訣，根據筆著的觀察可用一個字來說明，即是「絆」。在日語發音稱為「kizuna」，有牽絆、羈絆之意。正巧在2011年12月13日《自由時報》的報導中，也以「日本發表2011年度漢字：絆」為主題報導，本文則主要是以「關懷」一字來詮釋。

　　此課程的主要目的是分享日本文學、文化相關作品中，以「關懷」為主題所呈現的人生意義。可分為以下「自然關懷」、「國家關懷」、「社會關懷」、「家庭關懷」、「健康關懷」等主題。也希望透過此課程的介紹，能讓同學活用日本生活智慧來創造快樂的人生。

## 二、範文

　　「梅香滿山道，朝陽躍眼前。」

　　　　（松尾芭蕉，大森和夫編，《日語精讀教材》，2001年，頁11）

　　「波濤洶湧的日本海，銀河橫跨在佐渡島。住在島上的人們，究竟是抱著何種心情來欣賞夜空的呢？」

　　（松尾芭蕉，助川進編集，《国語ものしり大図鑑》，1994年，頁322）

「祇園精舍鐘聲響，訴說世事本無常；娑羅雙樹花失色，盛者必衰若滄桑。驕奢之人不長久，好似春夜夢一場；強梁霸道終殄滅，恰如風前塵土揚。」

（佚名原著，《平家物語圖典》，2006年，頁30）

「為了超越困難，需堅守意志。切勿懷憂喪志，正因為有許多事情，方能顯示自己的價值。」

（松下幸之助，《道は無限にある》，2005年，頁14-35）

「樸素、貧窮的生活中，或是處於災害、戰場嚴峻的環境下，從別人身邊得到些許的親切與恩惠，就會感受到幸福。」

（日野原重明，《いのちの絆─ストレスに負けない日野原流生き方》，2009年，頁87-88）

## 三、解釋

### (一)自然關懷：季節、感性與俳句

當我們常常嚮往日本是一個強盛國家的同時，是否想過，我們也可以用相同的know-how，來建設一個富裕、強盛的國家與社會。

不論是在電視上的報導，或是實際曾經去過日本的人們，都會對於乾淨的日本留下美好的印象。主要的原因，就是在於日本人對於自然的關懷與照顧。

日本是由四個大島，和六千八百多座島嶼所組成。地震多、溫泉多，也是新的地層產生之所在。不僅如此，河川名水也成為日本人所引以為傲的自然景觀。日本地處黑潮、暖潮交界之處，漁產豐富，也是日本人之所以喜歡吃魚的原因之一。

　　此外，日本的地形狹長，保存許多珍貴野生動物、地理景觀或是文化祭典。如黑熊、狐狸、鳥取沙丘、東北祭典、阿波舞蹈。

　　一提到季節與俳句的詩人，可舉松尾芭蕉詩人為例。松尾芭蕉1644年出生於伊賀國上野（現在的三重縣上野市），是日本史上有名的俳句詩人。松尾芭蕉也仰慕李白、杜甫、白樂天、西行等和漢詩人，其為俳句創作之求新，可以「梅香滿山道，朝陽躍眼前」一句聞名的「平易輕快」風格為代表。

　　此外日本的俳句是由五音、七音、五音，總計十七音所構成的短詩型文學，並且需包含季語。松尾芭蕉在另一詩作：「波濤洶湧的日本海，銀河橫跨在佐渡島。住在島上的人們，究竟是抱著何種心情來欣賞夜空的呢？」

　　此外，日本春夏秋冬四季分明，日本人隨著自然景色變化的不同，也有不同的季節感受。春天是賞花的季節，櫻花綻開時，也是日本學校的入學典禮，更養成日本人對於花的喜愛。夏天海水浴盛行，日本人致力海的維護也是不遺餘力。第一次前往日本的外國旅客，可選擇此時期，七月分、八月分各地方的煙火施放，將有截然不同的文化體驗。秋天可以賞櫻花，並且是念書的季節。冬天可以看到雪景，體驗北國的風味。

　　此外，在季節與節慶的關聯性的作品中，也可以看出日本文化、節日與歷史傳承的意義。林屋辰三郎、多田道太郎、梅棹忠夫、加藤秀俊所編的《日本人的智慧》一書中，就認為五月五日是日本的端午節，中世此日就是舉行騎馬比武等活動，現今端午節娃娃是代表武家文化從軍事謀略中昇華。三月三日是女兒節，女兒節娃娃則可代表宮廷文化從政治糾葛中脫穎而出，凝聚所有美意識的產物。

　　在自然研究方面，從照葉樹林文化的角度來探討深層日本文化的著作有上山春平編《照葉樹林文化》一書。本書內容是由中尾佐助（栽培植物學）、吉良龍夫（植物生態學）、岡崎敬（考古學）、岩田慶治（文化人類學、人文地理學）、上山春平（哲學）等專家討論編集而成。人類的發展階段是從「自然社會」邁向「農業社會」、「工業社會」的過程，繩紋

時期則是自然社會的型態。了解繩紋時期，自然的也能解明日本人「自己從何而來」。顯見日本對於自然環境與歷史連結之關心。

　　此外，宮本常一係民族學者，以古事記、日本書記等古代文獻為基礎，論述日本文化，長年在日本各地進行民俗學的調查。在其《日本文化的形成》一書中，分析日本文化的兩大元素，亦即日本的海洋性格以及日本稻作的起源與發展，並介紹了北方文化、琉球文化等地域文化。宮本一生的志業在於調查日本文化形成的軌跡，提倡海洋與農耕文化對於日本人的重要性。日本人對於自然的重視與研究，是值得我們學習的。

## ㈡國家關懷：鄉土文學之魅力

　　第一次聽到司馬遼太郎日本作家的名字，是之前拜訪一位恩師時，提及此作家。之後，在工作職場的日語系Ｗ教授同仁恰巧也送筆者一本《明治的國家》一書，不禁讓人好奇，司馬遼太郎文學作品所要表達之意涵。

　　閱讀之後發現，司馬遼太郎是藉由文學來表現對於日本國家之鄉土之愛，又可稱為「國民文學」。

　　此書雖認為中國的思想對德川幕府並非有利，尤其是朱子學的部分，但此論點應仍有討論之空間。

　　江戶時代的日本面臨黑船來襲的壓力，1860年還必須派遣使節團前往美國換約。當時正式的使節包括新見豐前守正興、副使村垣淡路守範正，再加上小栗豐後守忠順，共數十人。但是此故事在司馬遼太郎之筆下，弱勢的日本反而成為英雄。

　　此外，本書又總結幾位幕末明治初期人物的貢獻，包括「維新風雲兒：坂本龍馬」、「國家建築物的解體設計者：勝海舟」、「新國家設計建議者：福澤諭吉」，司馬遼太郎希望以文學寫作的方式感動日本人的心。司馬遼太郎更引用當時報紙、雜誌報導日本使節去美國換約的景象，描述如下：「這樣的舉止動作，品格高潔，表達毅然果斷的姿態，出現在美國的首都和紐約。此未知的民族，雖然是異文化，但卻感覺得出非常有氣質。」

　　談到歷史，日本人也非常喜歡少年大將源義經的故事。義經係十二世紀末建立武家政治的源賴朝之胞弟。義經為了替其兄長打天下，在一谷之戰與各種奇襲戰術中，都展現出卓越的軍事天賦。《平家物語》一書主要就是描寫平清盛時代的衰亡與源氏勝利的故事。第一卷首句中，表達此故事的主題思想，就是「諸行無常」、「盛者必衰之理」。「祇園精舍鐘聲響，訴說世事本無常；娑羅雙樹花失色，盛者必衰若滄桑。驕奢之人不長久，好似春夜夢一場；強梁霸道終殄滅，恰如風前塵土揚。」

　　故事裡面交織著作者的愛與恨、喜與悲、解放的昂奮與內省的孤寂，使文學的感動得到最大限度的昇華。作者特別用大量讚美的言詞，描寫東國西國源氏武士在作戰中的驍勇行為。

　　最後義經雖然無法獲得兄長的諒解，因政治因素，未經賴朝的許可擔任軍事、警察組織的首長「判官」，而與賴朝不和而失勢。後來義經遭賴朝所逐，流浪各地，最後死於東北地方。但義經表現出忠的精神，而深受日本人喜愛。

　　此外，日本的大河劇策劃中（日本NHK長達年度的歷史連續劇），也有許多故事是以表現歷史鄉土精神為主題。例如在1992年1月～12月中，拍攝戰國武將織田信長的故事。

　　直到明治維新，日本又提倡和魂洋才，學習西方。日本政府導入紡織、礦業、鋼鐵、造船、鐵路等近代西方技術與產業，以及郵政、電信、電話等制度與組織。此時期特別重要的是股份有限公司。日本人透過鄉土文學的洗禮及對歷史的喜愛，更有助於培養日本國家關懷的情操。

### ㈢社會關懷：產業人的使命

　　日本經營之巨擘松下幸之助是家喻戶曉的日本企業家。主要的原因在於松下創立了Panasonic知名的品牌。

　　究竟松下幸之助的經營哲學思想為何？以及如何影響日本人的生活思想態度，可從《道路是無限寬廣》一書中來分析。松下幸之助認為：

　　1.為了超越困難，需堅守意志。切勿懷憂喪志，正因為有許多事

情，方能顯示自己的價值。

2. 堅守意志，具公司意識，自許為產業人，在紛擾的社會中持續努力。

3. 儲備實力，訓練不懈怠，成為能獨當一面之人。

4. 追求更美好的日子。找尋人們尊貴之處，抱持喜悅之心。

5. 愛自己、愛國家，在傳統之上創新，所有人具備自力更生的思想。

6. 活出生命意義。凡事事前有完美之計畫。此外，每年應有年度的計畫與目標，每日有邁向勝利目標前進的決心，如同棒球選手每場比賽都積極想努力獲得勝利一般。

（松下幸之助，《道は無限にある》，2005年，頁14-232）

松下幸之助在《道路是無限寬廣》一書中，告訴我們度過動盪時局最重要的訣竅在於「相互合作、積極創新」。

此外，日本在歷史與經濟議題的籌畫方面，也相當成功。例如富山縣知名的世界遺產五箇山，可看到各式紙類的應用，也可體驗製紙的樂趣。

在歷史與政治方面，日本的建築物設計中也表現出多元規劃的思想，與颱風一來、事先存水的道理相同。例如日本三大庭園之一的兼六園，就是為了預防戰事吃緊時所建的水道。

日本人是喜歡情報的民族，學習日語正可以獲取全世界大量的情報。有一次，筆者和日本Y友人去買中日翻譯電子辭典。出發之前的五分鐘，Y友人已經在房子外面等待。一到賣場，十秒鐘就決定機種。此就是成功者的哲學，使命必達。

當然，我們也了解，日本從傳統的終生雇用制度轉變成為美國式的競爭與生存，顯見日本的產業觀念，也面臨著改變與轉型。

　　因此，在新的世紀的挑戰中，日本的經濟智囊具備何種能力？這裡，想介紹勝間和代女士所寫的一本書《培養商業腦的七種組織能力——如何成為高階主管分析的高手》。勝間和代強調「商業思考力」的重要性，其要件包括：

1. 以商業場所為中心，去思考對於金錢和時間做最好的分配。
2. 在有限的資訊來源及時間範圍內導出與接下來行動有關聯的答案。
3. 進行更適切的推論及判斷，培養良好的「組織架構力」。
4. 更適切的行動表現，只有付諸行動者才能處於優勢的地位。
5. 創造更高附加價值的能力，讓企業雇主感謝自己。

　　（勝間和代著、謝育容譯，《培養商業腦的七種組織能力》，2010年，頁20-33）

　　例如書中強調企業人必須具備推估的能力。對於不確定的問題，許多人也許並不習慣去推估，但是若能有此思考習慣，許多問題便能迎刃而解。舉一個實際的問題來思考：全日本境內有幾隻小狗？可試著推估如下：5戶中便有一戶養狗。日本的家庭數計有4700萬戶，每戶有1.25隻，則可得出4700萬戶×1/5×1.25隻＝1175萬的答案。對工作事務若能進行更適切的推論及判斷，將在職場上無往不利。

　　此外，成為商業基礎思考的能力還包括：

1. 邏輯思考力：習慣針對幾個複述現象的因果關係加以思考。
2. 水平思考力：盡可能讓商業相關的構想數量愈多，從失敗中學習早日修正。
3. 視覺化力：轉化成圖像後利用眼睛擷取資訊的能力。
4. 數字力：養成記錄生活周遭數字並加以組合思考的習慣。
5. 語言力：確實了解對方表達的涵義。

6. 智能體力：保持身體的健全與心理的健康。

7. 偶然力：偶然之間發現原本設定目標的能力。

（勝間和代著、謝育容譯，《培養商業腦的七種組織能力》，2010年，頁83-319）

### ㈣家庭關懷：貧窮的堅持

　　另一個介紹的文學作品是《鬼太郎之妻》（武良布枝著，陳佩君譯，《鬼太郎之妻》，2011年）。作者武良布枝女士，生於日本島根縣安來市大塚町，1961年與水木茂（本名武良茂）結婚，一直在背後支持丈夫從事漫畫與妖怪研究的工作。

　　水木茂境港出身，在戰爭中失去左手，卻不懷憂喪志，在水木茂的照片中，側身右手的獨照反而顯示出他英挺的模樣。此段婚姻的開端源於水木茂約定相親，前來武良布枝的家中。當時正值客廳的暖爐火點不著，就在此時，水木茂起身說：「讓我來試試看吧。」此舉也在武良布枝的心中種下了愛苗。結婚之後的日子非常貧窮，但附近的米店還願意以賒帳的方式賣米給水木家。

　　水木先生習慣於上午十一點鐘起來，吃完早飯後，展開一天的工作，到了晚上七點時再一起和家人用餐。吃晚飯後又繼續工作，他那精神與毅力，從未停過。

　　在水木先生尚未成名時，某次武良布枝女士曾經帶著其漫畫作品前往漫畫出版社交涉買賣。老闆在武良布枝女士的面前，將水木先生的作品批評得一文不值，可看出當時出租漫畫界的現實。

　　戰後日本受美國影響，育嬰法從原本喝母乳的習慣，改成喝牛奶。武良布枝也受到此風潮的影響，讓寶寶喝牛奶，相對的也增加家中金錢預算的支出。有一次到了必須買奶粉的時候，家裡卻沒有一毛現

金，家裡能拿去當鋪典當的物品全都拿去了，可見水木家當時貧窮的程度。

　　1963年是水木家好運來臨的一年。過去曾刊載《墳場鬼太郎》的續篇之作《鬼太郎夜話》的出租漫畫出版社「三洋社」社長長井勝一，邀水木茂執筆。1964年長井勝一出版發行了《月刊GARO》，水木茂每畫一頁就有五百圓的進帳。之後接下講談社《少年MAGAZINE》的邀約，又獲得講談社兒童漫畫獎的殊榮。此獎也象徵水木家終於是苦盡甘來的時候！

　　談到家庭，讓筆者再分享另外一個話題。日本對於家庭的維修思維方面，正如同小泉八雲所提出的「無常」與「行動」的觀念是一致的。日本人五日內即可蓋好一棟房屋，可見速度行動快，是日本人的特性之一。此外，在維修的思想方面，例如在日本北陸地區，靠富山灣的城市，房屋因海水侵蝕，而有進行定期性維修工程的文化習慣。

　　此外，日本男人是否具大男人主義（日文為亭主關白）此一命題，個人淺見認為應是各司其職，妻子則扮演賢內助（日文為內助之功）的角色。當今對於日本女性柔性力的探討可舉吉原珠央的《受歡迎女性的40種習慣》一書（吉原珠央，《「選ばれる女性」のシンプルな習慣40》，2011年）。吉原從「美的習慣」、「心的想法」以及「外在的美」三個層次，來形塑現今日本的女性。例如鼓勵當心情煩雜的時候，動作可如同打太極拳般的緩慢優雅，如此，藉由動作可改變心情，使心情回歸平靜。

　　在交際方面，因日本氣候寒冷，日本人以酒品來禦寒也屢見不鮮。日本人飲酒的習慣一般是先喝啤酒，再喝清酒，此也可稱為是一種酒的文化。

　　談到民生育樂方面，日本人也有一套生活準則。例如在食的優點方

面，包括吃當季的食物、不油膩、以魚為中心、注重早餐、午餐時以蕎麥麵取代等做法，呈現和樂融融、健康、快樂的景象。又例如，日式早餐有味噌湯，關東有紅味噌湯、關西則有白味噌湯。味噌湯的食用則因以前日本人蛋白質不夠所以多用味噌來補充營養，且可有存放一年以上的優點。又如在住的關懷方面，鄉下日本停車位設計整齊、房子不連棟設計以及限建政策都是其優勢。育樂方面，則以人為本位的設計模式，例如休閒渡假場所有火車造型的飯店，還有小型的高爾夫球場設備。

在運動偶像方面，日本人對於運動選手的關心情感如同鄰家男孩般的關切。包括棒球選手鈴木一郎、高爾夫球之新星石川遼。此也將偶像與一般民眾之距離拉得更近，更喜愛自己國家所培育出的運動選手。

日本的社會在宣傳每個人的獨特性方面，也可從日本的國營電視節目NHK上的相關報導可知。例如藤原道山是樂器尺八的高手，強調應演奏出具自己特色的尺八。日本阪神虎的名將金本知憲，則以打擊率高，被三振率也高的策略，具體的實踐有最壞的準備、最好的夢想之信念。

## ㈤健康關懷：百歲萬歲

許多人都希望自己和家人能健康長命百歲，接著本節之主題就來介紹日本今年100歲的日野原重明醫生的生命文學。

日野原先生認為可以將壓力比喻為鉛條。當壓力來臨時，如同柔軟的金屬鉛條放在膝蓋上一壓一般，鉛條立即歪斜。此歪斜現象物理學稱為壓力。每個人的生活都會有各種壓力，日野原先生的對策就是——冷靜地承受面對。當壓力來臨時，總需邀約親朋好友「一起去喝茶」、「一起去聽音樂會」、「一起去兜風」。在朋友和家人的支持下，時間會療癒壓力，鉛條也會自然地恢復成原來的形狀。

　　另一則故事則是日野原先生在10歲的時候，得了急性腎臟炎。在當時並無特效藥，唯一的方法就是安靜療養。在家裡一個月的時間，反而培養了書法與鋼琴的興趣，返回學校之後，還得了書法的優勝獎。因此，好好地珍惜生命與時間，將會有令人意想不到的收穫。

　　同樣在10歲的時候，日野原先生的母親本因生下六個小孩，在生產的過程中，腎臟機能受損，而患假性尿毒症。有天晚上，母親突然痙攣且意識昏迷。日野原先生依偎在母親旁邊，祈禱母親千萬不要死去。當時，也是日野原先生的家庭醫師安永謙逸先生趕到，醫治了母親。現在日野原先生從醫七十二年，每次看到即將去世的人們，就會想起當時母親生病危急的景象，這也是日野原先生從醫濟世的動機之一。

　　此外，日野原先生勉勵一般人要隨時感到健康感和幸福感，重視精神面勝於物質面。1943年的日本處於第二次世界大戰的熱點之中，人民生活窮困，根本沒有物質能提煉結婚戒指，因此日野原先生至今和靜子夫人也是一直沒有結婚戒指。日野原先生更鼓勵人們應找尋共同目標的登山者，隨時抱著希望，常懷一顆幽默的心，幸福感的目標訂愈低愈好。

　　接著我們一起來欣賞日野原先生所著的「幸福詩篇」：

　　幸福是抱持著幸福感。……樸素、貧窮的生活中，或是處於災害、戰場嚴峻的環境下，從別人身邊得到些許的親切與恩惠，就會感受到幸福。

　　但是長時間處在文明或是和平恩寵中的我們，幸福的要求變高，幸福的感覺變得遲鈍。

（日野原重明，《いのちの絆—ストレスに負けない日野原流生き方》，2009年，頁87-88）

　　介紹日野原先生的健康思想之後，如何強化個人心靈強健的素質也是十分重要的一門人生必修課。現代的社會人壓力十分沉重，常有所謂的精神小感冒。在日本的翻譯作品方面，例如Jerry Minchintion就提出應該對自己寬大、重視自己、接受自己、相信自己的價值、活出自己的人生。

　　孩子是未來的主人翁。大人用心的世界來聽見小孩未來的夢想。日本的繪本文學也是相當盛行，繪本的功能不僅可以聯繫親子、朋友的感情，也可以將知識在潛移默化之中，傳授給下一代。舉柳原良平《臉、臉、什麼樣的臉》作品為例：


　　「臉、臉上有兩隻眼睛、一個鼻子、一個嘴巴、快樂的臉、悲傷的臉……結束的臉、好的臉、結束，再見的臉」
　　（柳原良平，《かお　かお　どんなかお》，2010年）


　　此作品反應孩童看到人世間的各種臉，也對孩童帶來深遠的影響。看到笑的臉，自然而然孩童未來在臉上的表現也會以笑容居多。

## ㈥活用日本智慧，創造快樂人生

　　本文從社會學的結構觀點，小至家庭、個人，大至社會、國家、自然環境，可以了解，「牽絆」在日本人心中所發揮的作用。

　　日本的文字是由漢字、平假名、片假名、外來語所構成。臺灣人若能藉由學習日語，進而從書中了解日本人的生活習慣、思維模式，相信應能擴展人生的視野。日本人珍惜家鄉的山脈、河川，以自己的土地為傲，此也是值得學習的優點。

　　相信活用日本的智慧，創造快樂人生，應可將我們國家建設得更

好。先從愛護臺灣寶島這塊土地、培養強健的鄉土文學思想、促進產業發達、家庭和樂做起。

　　最後，與您共勉廣泛閱讀日本書籍，吸取東瀛之know how；珍惜國家社會資源，商機自然可以無限發展；關懷個人、家庭健康，成為與自然共生的綠領人才。

## 四、習作

1. 松尾芭蕉是日本著名的俳句詩人，請舉出松尾先生的一首詩句，並提出自己的見解。
2. 司馬遼太郎是日本著名的鄉土文學作家，其《明治的國家》一書，所表現的精神意涵為何？
3. 松下幸之助的經營哲學思想為何？
4. 水木茂是日本知名的漫畫家，其妻武良布枝女士的文學作品《鬼太郎之妻》也在日本大受歡迎，請試從日本女性力的角度來說明本書所代表的時代意義？
5. 請簡述日野原重明的健康長壽思想。

# 日本文化與人生㈡
## 有機健康財富的智慧

黃頌顯

## 一、導言

　　本文要介紹三種日本人生哲學思想，分別為有機、健康、財富的思想。有機思想的著作為久司道夫的《大自然長壽飲食法從簡單做起》、《飲食革命》；健康思想的著作有安保徹《不疲勞的生活》；財富思想的著作包括本多靜六《生命的活法──日本巨富學人　本多靜六的財產告白》等。本文所列舉的書名有以日文或是中文撰寫、翻譯，則統一翻譯成中文書目，以利閱讀。

　　在介紹日本大自然長壽飲食法專家久司先生的有機思想方面，將介紹大自然長壽飲食法對於人體健康有何益處，並教導應如何實行大自然長壽飲食法。此外，了解陰陽理論不僅能探究宇宙秩序與飲食原理，並且能成為加以實踐的判斷標準。大自然長壽飲食法的最終目的是追求人與宇宙的調和，並以推廣世界和平為理念。

　　了解有機思想之後，再介紹健康思想。忙碌的現代人，在追求飲食健康之外，也許會忽略身體與心靈的保健。安保先生的思想與著作中，提倡各種健康生活的小習慣，以消除疲勞。此知識正可提供忙碌的現代人若干參考。

　　有了健康的身體、健康的心靈，也與讀者共勉追求人生真正的財富。本多先生認為重視金錢的觀念是十分重要，但是，更需注意以腳踏實地、分散風險的原則，累積專業知識、人際社會資產，方能達到成

功。

在治療疾病方面，久司先生主張必須以「根本治療」取代「對症療法」。人生真正的財富，也是在了解有機、健康、財富的「根本思想」後，找尋一條適合自己安身立命的大道。

# 二、範文

## (一)有機思想

「必須選用無農藥的有機食材。一旦使用農藥，不但食材上會有殘留的農藥，也會造成食材原有的礦物質成分大量流失。」「食材應該選擇沒有精白或精製過的天然食材。例如五穀雜糧，為了不讓食材內所含有的蛋白質、維生素、礦物質等成分流失，使用時，以不精白為原則。」

（久司道夫、船井幸雄作，陳桂蘭譯，《飲食革命》，2003年，頁254）

## (二)健康思想

「集中心力工作時，交感神經持續保持活躍，呼吸變得淺又快，容易陷入缺氧式的疲勞。此時必須刺激副交感神經活動，刺激方法就是吸入大量氧氣，吐氣時則要比吸氣時間來得長。」

（安保徹著，廖舜茹譯，《不疲勞的生活》，2009年，頁88）

㈢財富思想

「人生最大的幸福是工作的興趣化。」「我也展開了每天寫一頁以上的文章，以及把月薪的四分之一預扣下來儲蓄的兩項行動。」（本多靜六，《生命的活法───日本巨富學人本多靜六的財產告白》，2011年，頁5）

# 三、解釋

## ㈠久司道夫的理念

1926年出生於日本和歌山縣新宮市，畢業於東京大學（當時叫作東京帝國大學）法學部，學的是政治和國際法。久司先生因當時日本政府學生動員的政策，而被配屬至九州的陸軍，親眼目睹廣島和九州核爆的悲劇。在徵調二個月後戰爭結束，又回到學校，其後留學美國哥倫比亞大學，鑽研大自然長壽飲食法。

大自然長壽飲食法（Macrobiotic diet）被認為是「飲食療法」的一種，但是許多人並不了解，為什麼要探討長壽。大自然長壽飲食法做為「飲食生活革命」，為何全世界會有眾多的支持者以及實踐者呢？在久司先生的《大自然長壽飲食法從簡單做起》書中即指出，其實，大自然長壽飲食法的最終目的就是要提高人們原有的精神與靈性。

久司先生又提出良好的飲食習慣在於「慢慢地咀嚼」。做任何事，若連吃飯的時間都很慌張，可見生活的步調出了問題。「慢慢地咀嚼」可做為人生健康的檢測標準。大自然長壽飲食法是以糙米等全粒穀物為主食，平常每一口通常應咀嚼五十次以上，健康狀態稍微不好時，應為七十～一百次，特別不舒服時，應增加為一百次以上。「慢慢地咀嚼」它的效用是無法計算的。

## ㈡安保澈的理念

安保先生1947年出生於青森縣東津輕郡，是國際知名的免疫專家，英文論文發表達兩百篇以上，目前擔任新潟大學研究所醫齒學綜合研究系的免疫學，獸醫領域教授。安保先生致力研究交感神經與副交感神經的平衡問題；人的疾病是由免疫力降低所引起，若要提升免疫力，則必須有適當的休息，以避免交感神經與副交感神經的失調。安保先生介紹許多生活的小祕訣，能有效減少疲勞的產生。

## ㈢本多靜六的理念

1866年出生於埼玉縣；十一歲時父親去世，務農與搗米維生。十九歲進入山林學校就讀。因考試不及格曾有輕生的念頭，後努力向學，獲得最優等的成績。曾赴德國求學取得學位，二十五歲時成為東京帝國大學副教授。四十歲時儲蓄的利息已超過本薪。六十歲退休，將財產大部分捐贈社會事業。

本多先生將自己的處事哲學、致富祕訣，鉅細靡遺的地記錄下來，可做為年輕人為人處世的標竿，進而讓後輩邁向「有德有才」的人生。本多先生處理許多事物都有獨到的原則，例如四分之一的儲蓄法則是將薪水的四分之一扣除，不論薪水多麼微薄，都能過著節儉的生活。如此一來，則能體會世間許多人生道理，更能了解他人的處境。本多先生曾說過，一個人一生總會有貧窮的一次，只是早與晚的問題而已。若能實踐此原則，則能脫離貧困的生活。

# 四、賞析

## ㈠有機思想：重視飲食的「根本療法」

在久司先生的另外一本著作《久司道夫的大自然長壽飲食法　四季的食譜》中，記載著曾經得到飲食專家櫻澤如一先生的指導。櫻澤先生曾經告訴過久司先生：「你會發現，如果想要實現世界的和平，吃的東西將會是主要的關鍵。」

久司先生認為當有一天自己領悟到「是嗎、原來是如此」，關於造

成人們不同的主要原因，每個人都有自己的看法，好像是從上天得到啟示一般，「環境和食物」是造成人們之間不同的原因。然而，「環境」雖是因素之一，但是最被重視的因素還是飲食。久司先生年輕時期的理想乃是實現建設世界聯邦、世界國家的構想。因此，興起世界和平、參加事業聯邦建設運動的構想。1949年的秋天，久司先生參加在美國召開的世界聯邦會議後，決定赴美研究。

此外，久司先生在2009年由東洋經濟新報社出版的《大自然長壽飲食法入門篇》一書中主張，人們雖然會受宇宙的影響，但是每個人想法和行動都不相同，根本的差異就是飲食。穀物是人類最主要的食糧來源，若沒有穀物人類就不可能存在。蛋白質的攝取上，歐美的飲食方式主要是從動物身上攝取，但是從豆類也能攝取，此外，最重要的是穀類。的確，有時候，國內長輩曾經告訴孩童要多吃菜，而久司先生則是強調穀物的重要性。

在另外一本久司先生的《大自然長壽飲食法自然療法》一書中，強調正確的飲食是尊重當地的飲食習慣，隨著季節的變化與個人的狀態而有所改變。五穀雜糧、蔬菜就是最適合吃的食物，其次是烹調方法。在調查了各個國家和區域，得出日本的傳統烹調法是最好的結論。然而這裡所說的日本傳統飲食，也就是指寺廟的素食料理、神道的飲食習慣或是鄉下的佳餚。正確的飲食並非隨意亂吃，而是與宇宙的秩序相互調和。

久司先生在《大自然長壽飲食法（上）》一書中，認為飲食的比例為穀類占飲食的50-60%；湯每日喝小碗裝的1至2碗占5%；青菜占每日飲食全部的20-25%；豆類與海藻其他加工品約5%-10%。由樂活文化編輯部編輯，2011年樂活文化事業股份有限公司出版的《長壽飲食活力養生計畫》，書中也強調吃當地所產的食物，才能讓人們有維護自己的土

地與水質的良好習慣。

久司先生在《大自然長壽飲食法從簡單做起》中再度談到，正確的大自然長壽飲食法是能與「宇宙的秩序」相互協調，並在「心」和「身體」兩方面變得健康。那麼，成為協調基礎的「宇宙的秩序」是什麼呢？可從久司先生的《大自然長壽飲食法入門》中得到解答，「宇宙觀」是超越時間與空間的界線，其影響力是久遠的，更包括永遠的感謝、完全的自由。中國的哲學觀也融入在大自然長壽飲食法的學說之中。大自然長壽飲食法的首創者櫻澤先生也將中國易學基本概念「陰陽」的理論重新整理，淺顯易懂地來介紹「宇宙的秩序」。

久司先生的陰陽思想介紹如下：陰陽說認為：「這個世界＝宇宙，是由陰和陽二個要素所構成」。可以由陰和陽的視野出發，來說明世界＝宇宙的所有現象的理論。「宇宙的秩序」是人們住在地球上生活的原理，基準中心是地球中心，上和下從人們的角度來看屬於宇宙和地球的關係。大自然長壽飲食法重視陰和陽的理論，並強調人們身心的健康與宇宙秩序的調和。簡單來說，會讓身體冷卻的食物就是陰性，例如砂糖、巧克力；會溫熱身體的食物就是陽性，例如蛋類、肉類；中性則是穀物、蔬菜、海藻、豆類等。因此，若要身體健康，則必須時常攝取中性的食物，這是陰陽理論的核心健康觀念。

久司先生在《大自然長壽飲食法從簡單做起》一書中，也介紹其在美國有許多成功推展大自然長壽飲食法的經驗。分享如下：藉由大自然長壽飲食法改善體質，提高身心健康的效果，在美國各地區傳開來之後，各地許多因難治之症而困擾的人們相繼來拜訪。其中大部分的人受癌症、心臟病、各種過敏、精神病、神經痛、婦女病等困擾，是對近代醫學感到失望的人們，希望能經由大自然長壽飲食法達到治療效果。換言之，大自然長壽飲食法的中心思想是希望藉由正確的飲食習慣，來減

少各種病症的產生。

　　久司先生又表示：首先要強調，大自然長壽飲食法並不是能治癌症等難治之症的「特效藥」，不是說如果吃了立刻就能把難治之症治好。原本的大自然長壽飲食法，就是持續正常的飲食與符合自然的天意，讓人們的「心」和「身體」與宇宙的秩序調和，以提升只有人類所具有的崇高精神為目的。

　　現在臺灣有許多人將補品視為必備之物，大量的吃補品，期望能維持健康。此思想也有根本改變的必要，應該從食物本身著手才行。把飲食的內容回復成人們本來所應吃的天然食品，實踐正常一般飲食生活，並與宇宙自然調合才是。

　　總之，將臺灣的一般飲食觀念轉變成以大自然長壽飲食法為主要的自然飲食，則能預防疾病的產生。

　　久司先生的思想注重根本療法，在《久司大自然長壽飲食法望診法　從臉部即能診斷健康》一書中，舉了現今一般人生病就診的情形。當人們生病的時候，去醫院看診，診斷應從三個面向所構成。第一、理解個人所處的綜合性環境。第二、診斷現在的身體與精神狀態與個人綜合環境的關係為何？第三、診斷出現的症狀。唯現代的西洋醫學，多集中在第三個面向。其實，真正的健康應操之在個人的手中，每個人的心中，應對個人的身體狀況有所了解。

　　頭痛的時候使用阿斯匹林，如果患了感冒就使用抗生素，胃痛則使用腸胃藥，癌症等的病狀則使用放射性治療，開刀並取出癌細胞。這樣使用藥物和手術的方式是近代的西洋醫學。如果經常性地依照大自然長壽飲食法來改善自己的體質，一方面能矯正精神和想法，情緒也能夠穩定，對生活習慣和生活態度等事物都能夠因此改變，而且能夠提高免疫力。疾病不存在於世界上的觀念，也是久司先生鼓勵人們只要努力就能

營造一個健康的身心靈。

## (二)健康思想：消除疲勞從日常生活中做起

　　為了保存百分之百五穀雜糧本身的益處，怎樣的調理方法比較好呢？也就是將五穀雜糧烹煮來吃。所謂精心製作的五穀雜糧（米的話就是糙米）就是最好的。此論點也與日本免疫學權威安保醫師論點相似。安保醫師在《圖解免疫革命》一書中也認為應該多吃「全食物」，攝取均衡的營養素。舉例來說，對健康有益的飲食生活，就是經常吃糙米、蔬菜。糙米是指去除稻殼的米，和研磨過的白米不一樣，仍具有發芽的能力。因此，糙米比白米更具有豐富的食物纖維，且含有很多維素B1、B2、鐵等礦物質。

　　久司先生在《大自然長壽飲食法從簡單做起》一書中對於「疲勞」也有中肯的看法。生病首先是由「疲勞」而起的。這裡所說的疲勞，包含「心理」跟「身體」兩方面，僅身體感到疲勞不是真疲勞，心理的不穩定也是疲勞的表癥。因此，處於這樣狀態的人，連工作、住所，或是配偶也會出現頻繁更換的現象。對身、心同時健康的人而言，會認真的工作，自然感到疲勞而睡眠，第二天早晨來臨，疲勞則完全恢復，並且也能以愉快的心情，全力迎接新的挑戰。

　　反過來，若是無法入睡，或是感到身體一直處於疲倦狀態，一直留有不愉快的心事，對工作產生不了熱情的人，可以說是陷入了慢性疲勞。

　　安保先生也在《不疲勞的生活》（廖舜茹譯）一書中，介紹許多恢復疲勞的重點，試舉三項與讀者分享：8字體操：「雙手放在頭上，與地面平行，畫出大大一個8字」。摸摸腰體操：「站直並全身放鬆，重心移到右腳，右肩自然垂下來」。動眼體操：「轉動眼珠依序往上、

下、左、右方向看，同時以順時鐘與逆時鐘轉圈方式來活動眼睛」。安保先生提出了人生樂活以及休閒的人生思考方向。

《圖解免疫革命》一書中提到遇到壓力時應笑笑地說「總會有辦法」吧。此外，也提出消除人際壓力的方法，那就是提升免疫力的十大信條。包括第一、不工作過度。第二、不抱著煩惱不放。第三、不生氣。第四、多活動身體。第五、飲食均衡。第六、睡眠時間充足。第七、建立良好的人際關係。第八、培養興趣。第九、笑口常開。第十、接觸自然與藝術。

此外，安保先生《由體溫免疫力來治療疾病》一書，強調保持體溫的重要。當然吃糙米保持身體能量也是安保先生所提倡的。在本書當中，「非常感謝」必須掛在嘴邊。在睡覺之前與早上各一回「雖然發生了許多事情，但是也是非常的感謝」，「今天一天又要各位的協助」。如此一來，就能讓自身的身體從交感神經轉變進入副交感神經的世界。

若是加以運用可以提出各種恢復休閒的創意思考。例如自己造溫泉的構想。在家中使用溫泉會讓人身心感到舒適，但現今許多家庭受限於家中浴室面積太小，以致無法容納大的浴缸。其實一般家庭可以至大賣場購買中小型的塑膠浴缸，既便宜又實用。如此使用生活的小智慧，將使得學業與工作更為順利。

健康的根本療法應是預防醫學的概念。筆者從事教學的現場，許多同學並不擅長學習。其實學習也是必須經過思考學習的，也就是將學習「藝術化」與「興趣化」。學習的重點在於閱讀姿勢的正確、呼吸調節的順暢與眼罩、耳罩的交替使用。首先，若學習者的姿勢不良，必定學習無法長久，也容易造成身體的傷害。正確學習姿勢的原則為腰打直，雙手要能自在輕鬆的打字或是寫字，更必須注意桌子的高度，如此才能加長學習時間。其次，必須要時常注意自己的呼吸狀況，經常使用腹部

呼吸法。深深的用鼻子吸一口氣，吸至腹部，再慢慢的吐氣。如此運用，才能常保精神的集中，降低緊張所帶來的疲倦感。最後，也應適當使用眼罩與耳塞，對於不容易集中精神的同學而言，此方式相當有效。對於經常使用眼力看電腦、看書的同學來說，每一個小時或是半個小時用眼罩來恢復自己的疲勞，不失為一個好方法。眼罩的選擇訣竅必須要後面的繫帶較鬆為宜。若果能注意到學習姿勢、呼吸方法、眼罩耳罩的交替使用來提升學習，則是一個好的開端，讀者更可以開發出更多符合自己專屬的輕鬆學習術。

## (三)財富思想：節儉儲蓄與一己之長的永續磨練

　　本多先生也在《活出自己的人生》一書中，分享快樂的訣竅。那就是當感到不幸或是痛苦時，立刻轉換成感謝的心，並能不恥下問，就能享受樂活的人生。

　　本多先生是經濟學博士，也是森林學方面的專家，更是人生幸福的啟蒙者。本多先生認為要成功的祕訣為：「我也展開了每天寫一頁以上的文章，以及把月薪的四分之一預扣下來儲蓄的兩項行動。」

　　可怕的被害妄想也是本多先生所關注的議題之一，在其《生命的活法──日本巨富學人　本多靜六的財產告白》論述到：「受困於這種妄想的人應該要有所自覺，得知道這個世界絕非只為了自己一人而轉動，而必須手牽著手……因此我建議各位，一完成一項工作，無論結果如何，要先把它忘得乾乾淨淨，或者至少要轉換一下心情來忘記它。」任何時候，人們皆應肯定自我的價值。

　　人生的價值何在？有一個故事可與讀者分享。某日有一對夫婦拿35分的鑽石去銀樓賣。第一家銀樓和這對夫婦說：「我們不收35分的鑽石，太小了，我們只收一克拉的鑽石。」第二家銀樓說：「鑽石沒有保

證書只值一千元左右，但是戒臺可以回收。」第三家銀樓則說：「五千元。」這對夫婦很高興的將鑽石賣給五千元的商店。每個人都是鑽石的價值，端看如何找到欣賞你的買家。

閱讀了本多先生的作品後，家中也開始了節儉計畫，先從垃圾袋永遠也用不完的計畫著手。以前加油時，會特別去家中鄰近的某個加油站加油，以換取垃圾袋，也就是垃圾袋用完就丟的思考模式。現在家中則是洗完曬乾後再利用的觀念，不僅環保，也能達到節儉的目的。

最後，真正快樂的人生，不僅是要追求身體健康，心靈也要隨時保持健康。身體健康可以從建立良好的有機飲食、多勞動、調節呼吸方法等方式來達成。心靈健康則需要靠勤儉儲蓄、努力不懈、一技之長等方式來達成，願諸君都能有幸福健康財富的人生。

## 五、習作

1. 請問久司道夫推廣大自然長壽飲食法之益處為何？
2. 請說明安保徹醫師消除疲勞的方法為何？
3. 請說明本多靜六的思想重點為何？

國家圖書館出版品預行編目資料

文學與人生／王大延、王銘鋒、王綉線、周晏
安、洪雅琪、張麗珠、黃頌顯、薛雅文、羅文
玲－－初版.－－臺北市：五南，2010.09
　　面；　　公分
含參考書目
ISBN 978-957-11-6807-4（平裝）
1.文學與人生
810.72　　　　　　　　　　　10106253

1X2S　通識系列

# 文學與人生

編 著 者 ─ 王大延　　王銘鋒　　王綉線　　周晏安　　洪雅琪

　　　　　　張麗珠　　黃頌顯　　薛雅文　　羅文玲

發 行 人 ─ 楊榮川

總 編 輯 ─ 王翠華

主　　編 ─ 黃惠娟

責任編輯 ─ 胡天如　　李美貞

封面設計 ─ 黃聖文

出 版 者 ─ 五南圖書出版股份有限公司

地　　址：106台北市大安區和平東路二段339號4樓

電　　話：(02)2705-5066　　傳　　真：(02)2706-6100

網　　址：http://www.wunan.com.tw

電子郵件：wunan@wunan.com.tw

劃撥帳號：01068953

戶　　名：五南圖書出版股份有限公司

台中市駐區辦公室/台中市中區中山路6號

電　　話：(04)2223-0891　　傳　　真：(04)2223-3549

高雄市駐區辦公室/高雄市新興區中山一路290號

電　　話：(07)2358-702　　傳　　真：(07)2350-236

法律顧問　元貞聯合法律事務所　張澤平律師

出版日期　2012年9月初版一刷

定　　價　新臺幣260元